T0178710

El remitente misterioso
y otros relatos inéditos

El remitente misterioso
y otros relatos inéditos

Marcel Proust

Introducción, transcripción y anotación de
Luc Fraisse

Prólogo y traducción del francés de
Alan Pauls

Lumen

narrativa

Papel certificado por el Forest Stewardship Council®

Penguin
Random House
Grupo Editorial

Título original: *Le mystérieux correspondant et autres nouvelles inédites*
suivi de Aux sources de la Recherche du Temps perdu

Primera edición: enero de 2021

© 2019, Éditions de Fallois
© 2021, Penguin Random House Grupo Editorial, S. A. U.
Travessera de Gràcia, 47-49. 08021 Barcelona
© 2021, Alan Pauls, por el prólogo y la traducción

Printed in Spain – Impreso en España

ISBN: 978-84-264-0908-9
Depósito legal: B-14.505-2020

Compuesto en M. I. Maquetación, S. L.
Impreso en Impreso en Egedsa (Sabadell, Barcelona)

H409089

El remitente misterioso
y otros relatos inéditos

Prólogo

de Alan Pauls

¿Inéditos de Proust? La noticia regocija y desconcierta. Un siglo después de *En busca del tiempo perdido*, la idea de que algo pueda haber quedado fuera de la proustíada impresa suena extrañamente desafiante. ¿No lo incluía ya todo esa novela-río, esa novela-mundo? ¿No incluyó con retroactiva voracidad, casi hasta hacerlos desaparecer, el *Contra Sainte-Beuve, Jean Santeuil, El indiferente, Los placeres y los días. Parodias y misceláneas*, y todos los textos que tuvieron la osadía loca de vivir antes que ella? ¿Y no incluye también, de algún modo, todo lo que Proust podría haber escrito fuera, al costado, en los márgenes de ella, lo haya escrito o no, llegue a nosotros algún día o se pierda en una caja entre recortes viejos, como la que revisaba Bernard de Fallois cuando encontró los materiales de *El remitente misterioso*? «Un día me enteré de que mi vieja amiga Pauline de S., enferma de cáncer desde hacía mucho tiempo, no pasaría del año, y que se daba cuenta de ello con tal claridad que el médico, incapaz de engañar a su gran inteligencia, le había confesado la verdad.»* Leemos la primera frase de

---

* La traducción de esta y las siguientes citas de obras de Marcel Proust, así como de otros autores, es de Alan Pauls. *(N. del T.)*

«Pauline de S.», el relato que abre esta compilación, y algo —un ritmo, una respiración— se reanuda. Todo empieza tan *in medias res* que es preciso que haya habido algo antes: un cuerpo principal, un pasado, un impulso originario... Gracias al cordón umbilical de la frase, una continuidad se restablece: la cápsula, como en las películas del espacio, vuelve a la nave nodriza. «Pauline de S.» (y todo cuanto Proust haya escrito que se jacte de no estar en *En busca del tiempo perdido*) podría ser un relato intercalado, una anécdota interna, una posibilidad narrativa que quedó en el camino, varada en alguna *paperole*, uno de esos miles de proto-pósits que Proust pegaba sobre las pruebas de imprenta con sus «correcciones», manera bastante prosaica de describir lo que en rigor era el movimiento de una escritura que no podía detenerse. Si hemos leído *En busca del tiempo perdido*, siempre seguimos leyéndolo. Podemos parar, leer otras cosas, no leer nada en absoluto, olvidarnos incluso de que Proust existe. Seguimos leyéndolo de todos modos. O mejor dicho: Proust y su libro diabólico siguen leyéndonos siempre, ellos a nosotros. De ahí que todo nos remita a ellos.

Pero también podríamos pensar al revés. Pensar en *En busca del tiempo perdido* no como en un agujero negro absoluto, capaz de magnetizar y tragarse todo lo que entrara en su órbita, sino como en una máquina de expulsar, formidable fuerza centrífuga de la que nos llega, muy cada tanto, alguna astilla perdida, excepcional. Esta es una de ellas —la última, sesenta años atrás, como recuerda Luc Fraisse, editor de este libro, había sido el *Contra Sainte-Beuve*—. De modo que las esquirlas proustianas se hacen esperar. Las nueve que componen este libro, escritas presumiblemente hacia fines del siglo XIX, mientras Proust trabajaba en *Los placeres y los días*, debieron viajar más de un siglo hasta aterrizar entre nosotros. ¿Por qué (salvo una) habían quedado inéditas? ¿Por qué Proust, al parecer, las archivó sin siquiera comentarlas con nadie? Fraisse despeja la cuestión sin rodeos: porque la mayoría de estos textos, dice, ponen en escena el deseo homosexual, un problema que ronda *En busca del tiempo perdido*. Pero *Sodoma y Gomorra*, el volumen que lo vuelve escandalosamente explícito, se publica de manera póstuma, lo que señala hasta qué punto Proust necesitaba alejarse, estar más allá, del otro lado de su novela, para decir sin rodeos lo que tenía que decir sobre el problema, y del modo en que pensaba que debía decirlo.

A fines del siglo XIX, Proust tenía veinticinco años y era poco menos que nadie. Sin un nombre, un prestigio, una obra que lo respaldaran, la diferencia entre lo que podía y lo que quería decir a propósito del deseo homosexual era más que considerable. Algo de ese abismo se insinúa cuando comparamos un breve texto de *Los placeres y los días* sobre la experiencia del joven Proust en el ejército, «Cuadros de estilo del recuerdo», con «Recuerdo de un capitán», relato de una escena de la vida militar incluido en esta antología. Ambos se presentan como ejercicios de la memoria y están escritos en primera persona; pero mientras el yo del primero es o dice ser el de Proust, el del segundo ya narra desde la distancia, la estrategia y la red de relaciones de la ficción. El primero es una exaltación de la potencia estética del recuerdo, que baña en una luz suave y embellece, dice Proust, cosas, personas y escenas sin grandeza y sin excepcionalidad: la vida de regimiento, por ejemplo. Evocando ese mundo agreste y sencillo, Proust menciona «la simplicidad de algunos de mis compañeros del pueblo, cuyos cuerpos yo recordaba más bellos, más ágiles; cuyo espíritu, más original; cuyo corazón, más espontáneo; cuyo carácter, más natural que los de los jóvenes que había frecuentado antes y que frecuenté después». Es apenas un apunte, un haiku de leve estremecimiento erótico —con ese matiz de transversalidad social del que sabemos que Proust solía disfrutar en sus objetos de deseo— traspapelado en un comentario sobre el modo en que el recuerdo interviene en el pasado que recuerda, que lo enmarca y al mismo tiempo le sirve de coartada.

En «Recuerdo de un capitán», en cambio, estamos en plena narración; hay personajes, una escena y una dinámica erótica casi geométrica, como de *ménage à trois* congelado, reducido a las miradas, los gestos, las poses de una seducción histérica. Proust cuenta el *coup de foudre* entre el narrador —que ha vuelto a la pequeña ciudad donde pasó un año como teniente y charla diez minutos con un antiguo asistente— y cierto brigadier que lee el diario sentado ante la puerta de una barraca, un hombre «muy alto, algo delgado, con un dejo deliciosamente delicado y dulce en los ojos y en la boca», que, dice el narrador, «ejerció sobre mí una seducción absolutamente misteriosa» y lo fuerza a tratar «de gustarle y de decir cosas admirables». El flechazo es explícito y empuja al narrador a una suerte de crisis pasional fulminante, que reprime como puede. Al final, cuando se despiden —el único intercambio «oficial» que los compromete—, el otro, hasta entonces impávido, se incorpora y hace la venia «mientras me miraba fijamente, como indica el reglamento, con extraordinaria turbación». Proust cuenta aquí algo más que un deseo homosexual: cuenta su ciclo completo —su novelita, digamos—, desde la irrupción, inesperada y violenta hasta la crisis de angustia en la que hunde a su víctima, pasando por el pavoneo apenas encubierto con el que intenta trabar contacto con la figura que lo suscitó y la solución perversa —turbación extraordinaria + reglamento— a la que da lugar. Comparando los dos textos —el haiku melancólico de «Cuadros de estilo del recuerdo» y la novelita exasperada de «Recuerdo de un capitán»— es fácil entender por qué Proust publicó uno y archivó el otro.

Puede que la osadía con que nombran el deseo homosexual explique por qué estos textos dispares —relatos, fábulas, diálogos de muertos, ejercicios de género— habían quedado en la sombra, víctimas de la censura del propio Proust. No explica, sin embargo, la intriga con que los leemos hoy, más de un siglo después de escritos. Si alguien no esperaba un *coming out* (ni para emanciparse ni para promocionarse), ese era Proust. No lo esperaba porque no lo necesitaba, por supuesto, pero también porque la espectacularidad del *coming out* —con su irreversibilidad, su rígido binarismo, su condición directa y unilateral— parece ser radicalmente ajena a la lógica del deseo que le interesó siempre, tanto en obras maestras como *En busca del tiempo perdido* como en los textos secretos de juventud de *El remitente misterioso*. Para Proust, si el deseo interesa es justamente por su oblicuidad, su vocación de rodeo, su tendencia a la refracción, el disfraz, el circunloquio. No se escribe para decir las cosas por su nombre: se escribe porque la relación entre las cosas y sus nombres es siempre una relación diferida, discontinua, signada por ilusiones ópticas, falsas perspectivas, errores de paralaje. Así, por espectacular que sea, la epifanía de erotismo gay de «Recuerdo de un capitán» es solo una modulación más —no la única— que asume una configuración de deseo ubicua, clandestina, en la que convergen y se mezclan cierta promiscuidad social, el gusto por la abyección y una relación más o menos equívoca con la ley, fuente de represión pero también de subterfugios. De hecho, el ejército ya aparece como proveedor de objetos de deseo en el cuento «El remitente misterioso». Aparece de refilón, en un aparte encendido y, en este caso, en la mirada ensoñada de una mujer, Françoise, la protagonista del relato, que, entre excitada, asustada y perpleja por una serie de cartas anónimas que recibe, todas inflamadas de deseo, solo atina a explicarse su audacia atribuyéndosela a «un militar», un gremio que alguna vez había «abrasado sus sueños y deslizado extraños reflejos en sus ojos castos», inspirándole un fantasma erótico que incluye —es el toque Proust— cinturones difíciles de desabrochar, espuelas que pinchan y corazones viriles a los que apenas se oye latir bajo rústicos abrigos de telas marciales. El ardor voluptuoso de lo tosco. Un cliché como tantos —igual que el escozor que el subalterno hace nacer en el superior, el ignorante en el cultivado, el inocente en el cínico—. Como buen especialista en deseo, Proust es un experto en estereotipos (que es el reglamento que el deseo acepta y asume para perseverar). Solo que, en el cuento, ese lugar común del deseo femenino heterosexual aparece desplazado, desubicado, como un exabrupto incongruente, en el corazón de una intriga rondada, una vez más, por la homosexualidad.

Es lo que sucede siempre con Proust (y con todos los grandes escritores): apenas creemos haber llegado a algún lado, fijado una cuestión, estabilizado un tema, definido una identidad, un horizonte, la escritura ya está en otra parte; otra dimensión aparece y contagia la que conocíamos, otra cosa empieza a contarse dentro de la que creíamos estar leyendo. Esa lógica se llama deseo, en Proust. Por eso tiene patas cortas; en el fondo, es hablar de «deseo homosexual», «deseo heterosexual», «hombres», «mujeres», «locas». Aun cuando cada uno de esos nombres y esas categorías exija una suerte de etnografía impostergable, riquísima (que Proust, por otra parte, fue el primero en hacer), ninguno puede jactarse de detentar verdad o decretar ley alguna sobre el deseo. A lo sumo, son formaciones, estados, modos sexuales, sociales, mundanos, culturales que adopta el deseo para funcionar en ciertas esferas o dimensiones de la experiencia. Pero el deseo en sí es otra cosa. No es un factor de identidad, no define ni fija; es una fuerza que se mueve y cambia; se deja enmascarar, deformar, traducir, redirigir; repercute, se hace eco, resuena; conecta seres, cuerpos, planos, mundos. No solo «masculinos», «femeninos», «heterosexuales», «homosexuales». No solo humanos. Es también el deseo lo que arrastra al humano hacia el animal («La conciencia de amarla»), hacia la música («Después de la Octava Sinfonía de Beethoven»), hacia la naturaleza sublime («Jacques Lefelde»).

Fluidez de Proust. Es esa hipersensibilidad hacia lo maleable, y la voluntad de seguirle la pista, siempre, no importa adónde lo lleve, la razón por la que estos relatos de más de cien años, descartados (aunque no del todo) por su autor, nos interpelan. En otras palabras: leemos a Proust porque es nuestro contemporáneo. *El remitente misterioso* abunda en enfermos, en moribundos, en suicidas por amor; es un mundo afiebrado, de amantes que se sofocan, no pueden dormir, pierden el conocimiento. Pero en ese paisaje decadentista, de interiores mal ventilados, sobresaltos y corazones taquicárdicos, todo se cruza con todo, como si las cosas, los nombres, los seres, los afectos, todo entrara en una suerte de espiral ambigua: las identidades se canjean, los nombres intercambian portador, la enferma se restablece y la sana enferma, la amiga saludable aprende de (vampiriza a) la que va a morir, lo que no se recuerda bien se ve con toda nitidez, y viceversa.

En la edición francesa de este libro, Luc Fraisse sigue los rastros genéticos de todo ese frenesí de mutaciones, entrecruzamientos, permutaciones. El denso, minucioso, formidable aparato de notas que la acompaña permite ver hasta qué punto esa lógica mercurial que signa la narrativa proustiana tiene sus réplicas en el trabajo de Proust con cada frase, incluso con cada palabra de sus textos. Reproducirlo entero, en todos los relatos, habría sido ideal, pero el efecto de lectura «especializada» que hubiera producido acaso habría alejado al libro de muchos de sus lectores potenciales. Si hemos decidido mantener intactas solo las notas que acompañan «El remitente misterioso» ha sido porque el relato (a diferencia de varios de sus compañeros) está completo, porque es quizá el plato fuerte del volumen y porque las notas documentan paso a paso, en el nivel microscópico, como en tiempo real, la redacción del relato, el tipo de oscilación, inestabilidad y zozobra que la narración hace jugar en la dimensión de la identidad de género y el deseo. Consultándolas, el lector podrá hacerse una idea simultánea del proceso de escritura de Proust, su carácter hipotético, conjetural, siempre tentado por varias posibilidades a la vez, y del trabajo del editor con los manuscritos, que no deja duda, variante o alternativa sin registrar.

En *Los placeres y los días*, el sujeto Proust era el que tenía el monopolio del yo. El único otro en quien Proust aceptaba delegarse era Honoré, el héroe que aparece varias veces a lo largo del libro para morir al final y matar, al mismo tiempo, la demencia lúcida de los celos, un trance que a estas alturas del partido —fieles a la norma médica— ya podríamos llamar «mal de Proust». En los relatos de *El remitente misterioso*, el yo se retrae, se deja eclipsar por terceras personas de ficción, se ausenta ante la escena de un diálogo o el plural de un Saber para el que el arte y la vida son las dos caras de una misma moneda (probablemente falsa). ¿Está Proust más presente en su compilación de 1896 que en estos hallazgos que le debemos a De Fallois? La pregunta suena un poco preproustiana. Una de las grandes invenciones de Proust —una que sin duda tutela los últimos treinta o cuarenta años de la literatura llamada de «autoficción»— fue haber enrarecido de manera radical la naturaleza, la función, la autoridad y el valor del yo en la escritura literaria, impugnando al mismo tiempo el reflejo de lectura que lo identificaba automáticamente con el escritor y el que pretendía divorciarlos por definición. (Esa gran invención tiene nombre: Proust la llamó «Marcel».) Así, el yo proustiano es a la vez nombre propio y fantasma, grano de lo real y mascarada, singularidad absoluta y espejismo imaginario. Más que «estar presente», Proust insiste en estos relatos con ese modo híbrido, negociado, que Barthes llamaba «figuración incómoda», por la que el escritor satura su propio cuerpo —su verdad deseante— con toda clase de coartadas de género, morales, de verosimilitud, que lo maquillan pero le dan también la inmunidad que necesita para moverse. Algo de él, sin embargo, algo de ese cuerpo proustiano real, sin afeites, irrumpe en «El don de las hadas» en la figura, casi en la idea, de ese desdeñado incurable a quien deben mostrar la belleza que esconden sus heridas. Es el cuerpo de un enfermo, y todos sabemos hasta qué punto en Proust la enfermedad —en cuanto verdad clínica y elaboración imaginaria— es el eslabón privilegiado que liga vida y arte. El incomprendido, el ignorado, es el rostro social del sufriente: ese es, ahí está Proust. Es quien descubre en los males que padece «virtudes que la salud desconoce». El Proust que pone en escena *El remitente misterioso* no es la víctima —una condición que el escritor, por otra parte, sabía muy bien cómo fingir—. Es el que ve cosas que escapan a la gente saludable: Proust, el vidente.

Nota del editor

Bernard de Fallois manifestó formalmente su intención de poner a disposición de los investigadores el conjunto de los archivos reunidos en el marco de su trabajo personal sobre la génesis de En busca del tiempo perdido.

Su objetivo particular era evitar que se dispersaran en alguna casa de subastas, una vez él desaparecido, y dar a conocer la obra de Proust de forma más completa.

Esta publicación responde, pues, a su voluntad profunda.

Introducción

de Luc Fraisse,
profesor de la Universidad de Estrasburgo

Sin duda, es infrecuente exhumar relatos escritos por Marcel Proust de los que nadie había oído hablar.

En 1978, la editorial Gallimard publicaba en forma de *plaquette* *El indiferente*, que el editor de la correspondencia de Proust, Philip Kolb, llevado por las cartas, había encontrado en la revista de fines del siglo XIX,[1] donde lo habían olvidado al menos sus lectores, pues el escritor lo recordaba perfectamente bastante tiempo después, en el momento de escribir la parte de «Un amor de Swann» del primer volumen de *En busca del tiempo perdido, Por la parte de Swann*.

Nos encontramos ahora ante un caso más especial, ya que se trata de una serie de relatos escritos en la misma época que *El indiferente*, la época de *Los placeres y los días*, pero que no fueron publicados: Proust conservó en sus archivos esos manuscritos, en estado de borrador, sin comentarlos con nadie,

---

1. A excepción de «Recuerdo de un capitán». Véase más adelante la introducción a este relato, cuyo manuscrito se contempla y presenta aquí por primera vez.

a juzgar al menos por la documentación de la que hoy tenemos conocimiento.

¿Qué contienen, pues, estos relatos? ¿Por qué no haberlos comentado con nadie? Y en esas condiciones, ¿por qué incluso haberlos escrito?

Aunque no haya forma de resolver de manera definitiva todos los enigmas, podemos comprenderlos mucho mejor si pensamos en los temas que tratan, ya que casi todos estos relatos abordan la cuestión de la homosexualidad. Algunos, como ciertos textos que ya conocemos, trasponen el problema que obsesionaba a Proust a la homosexualidad femenina. En otros no hay trasposición alguna. Demasiado locuaces, sin duda demasiado escandalosos para su época, el joven autor prefirió mantenerlos en secreto. Pero sintió la necesidad de escribirlos. Constituyen, casi legibles entre líneas, ese «diario íntimo» que el escritor no confió a nadie.

Lo que en tiempos de Proust podía escandalizar a su entorno familiar y a su sociedad es el hecho mismo de la homosexualidad. Porque estos relatos no contienen nada escabroso, nada que suscite voyeurismo alguno. Por caminos extraordinariamente diversos, como veremos, profundizan en el problema psicológico y moral de la homosexualidad. Exponen una psicología esencialmente sufriente. No violentan la intimidad de Proust; permiten entender una experiencia humana.

Procedentes de los archivos reunidos por Bernard de Fallois, que falleció en enero de 2018, estos relatos exigen hacer un poco de historia para dilucidar por qué permanecieron a la espera de publicación tanto tiempo, y en qué contexto Proust los escribió o abocetó para luego apartarlos definitivamente de la mirada del público, incluidos sus propios allegados.

Hubo una época, hoy muy olvidada, en que al observar el destino literario de Marcel Proust se creía que el escritor había recorrido una vida dividida en dos: una juventud que transcurrió en los salones, con una flor en el ojal; y más tarde, una madurez que dedicó a la elaboración encarnizada de una gran obra, cuya conclusión apenas tuvo tiempo de vislumbrar en el momento de morir, a los cincuenta y un años.

Marcel Proust, el autor de *En busca del tiempo perdido*, ese monumento de la literatura francesa, esa obra que pertenece al patrimonio universal. Algo que sus contemporáneos ya comprendieron con la publicación escalonada de los últimos volúmenes, concluida en 1927. Pero quedó para después la evaluación de la circunferencia del ciclo novelesco, demasiado vasto y rico para una asimilación inmediata. Comoquiera que sea, su autor había muerto trabajando, a la misma edad que Balzac, y un poco por las mismas razones. ¿No había tenido acaso la inconsciencia de esperar sin escribir casi nada —como espera el héroe de *En busca del tiempo perdido* hasta *El tiempo recobrado*— el comienzo de su declive físico para acometer esa empresa literaria sobrehumana?

Porque ¿a qué se habría reducido Marcel Proust sin *En busca del tiempo perdido*? A una obrita de juventud, *Los placeres y los días*, que apareció a finales del siglo XIX y nos invitaba a pasar la página del siglo XX para ver surgir de golpe el genio literario de la gran obra. A traducciones de Ruskin no del todo ajenas a la obra maestra que sobrevendría después, pues giraban alrededor de las catedrales y la lectura. Pero nada más. Un libro desparejo, un escritor traductor.

Los vientos empiezan a cambiar en la mitad exacta del siglo XX. En 1949, André Maurois publica en la editorial Hachette *En busca de Marcel Proust,* un libro que permite respirar la atmósfera en que evolucionó el novelista hasta su gran obra. El biógrafo extrae de la correspondencia testimonios que sugieren que ese supuesto milagro de las Letras y de la última hora estuvo ocupado escribiendo en todo momento, constantemente. Maurois conoce a un joven catedrático, Bernard de Fallois, que quisiera escribir, si la Facultad de París se aviniera a aceptarlo, una tesis dedicada a Proust, y en la estela de sus propias investigaciones lo presenta a la sobrina del escritor, Suzy Mante-Proust, consagrada, como su difunto padre, a la posteridad de Marcel Proust.

Antes incluso de entreabrir los archivos familiares y hurgar, más tarde, en las ofertas de los catálogos de venta, Bernard de Fallois se muestra escéptico ante la idea, no importa cuán unánimemente fuese aceptada, de que se pueda escribir un monumento literario de golpe, al término de una juventud puramente ociosa. Ya las producciones previas a *En busca del tiempo perdido*, lejos de merecer ser minimizadas, bastan para sugerir a quien tenga sensibilidad para los procesos creativos una progresión continua en el Proust previo a Proust que permite suponer que el frecuentador de salones no se parece en nada a Charles Swann, sino que se interroga con intensidad sobre aquello que podría escribir.

Bajo esa luz, los escritos anteriores a *En busca del tiempo perdido*, desde *Los placeres y los días* (1896) hasta la traducción de *La Biblia de Amiens* (1904) y *Sésamo y lirios* (1906), de John Ruskin, lejos de aparecer como la escoria de la gran obra, encierran una profusión de experimentaciones literarias. Son laboratorios donde los textos palpitan como materia fundida. Pero lo espaciados que están en el tiempo hace suponer que el escritor en ciernes interrumpe sus búsquedas e interrogaciones y posterga su reanudación siempre para algún otro momento, si es que se le presenta la oportunidad. Hay un vacío entre esas obras conocidas. Un vacío que ciertamente no se debe a la inacción de su creador, sino a nuestra ignorancia.

Es en este aspecto donde los archivos de la familia Proust (que solo se depositaron en la Biblioteca Nacional en 1962) dan a conocer, al cuidado de este investigador con método y perseverancia de archivista, papeles desconocidos que pronto se vuelven numerosos. Una gran novela en piezas sueltas, paradójicamente escrita en tercera persona, aun cuando es muy próxima a la biografía del autor, y cuyos legajos podemos clasificar según la cronología vital del personaje que dará título al conjunto, *Jean Santeuil*. Esa gran novela reconstruida, publicada por Gallimard en 1952, lleva un prólogo de André Maurois. Las cartas y los papeles que la rodean demuestran que fue redactada principalmente entre 1895 y 1899. Lejos de recaer en la inercia, Proust, pues, había acometido una gran novela cuando la antología de *Los placeres y los días* aún no había aparecido. Después, de inmediato, sin descanso, pues la novela, con todos sus papeles etiquetados y apilados, es bastante voluminosa, aunque está inacabada.

He aquí, pues, el puente entre *Los placeres y los días* y John Ruskin. Pero ahora aparecen más papeles, más cuadernos. Se ubican en el umbral de *En busca del tiempo perdido*, hacia 1908, y revelan que este ciclo novelesco nació al mismo tiempo que un ensayo, polémico pero filosóficamente muy bien argumentado, dirigido contra el método biográfico de Sainte-Beuve. Por momentos, Proust piensa en desgajar el ensayo de sus borradores y publicarlo aparte. Pero la realidad de esos borradores es otra: es un ensayo y una novela al mismo tiempo.

Este objeto híbrido incomoda a las clasificaciones de la crítica, pero no a Bernard de Fallois. Este ya se ha encargado de reinterpretar *Los placeres y los días* —libro que Marcel Proust menospreciaba porque no era *En busca del tiempo perdido*, y porque sentía que su unicidad procedía solo de su encuadernación— como un conjunto coherente, sin duda rico y diversificado, pero donde todo se sostiene, todo es necesario, todo anticipa lo que vendrá. De modo que el descubridor de nuevos libros de Proust no experimenta ninguna incomodidad ante este ensayo de teoría literaria que vira a la novela, donde la refutación sistemática de Sainte-Beuve se mezcla con las consideraciones sobre los Balzac de las Guermantes.

Libre de toda lectura prejuiciosa, De Fallois da a conocer este material en 1954 con el título *Contra Sainte-Beuve*, que Proust sugería a veces en sus cartas de la época. Más tarde señalará lo paradójico de sacar a la luz el panfleto de Proust contra la crítica biográfica justo en el momento en que el siglo volvía a interesarse por su autor desde una perspectiva biográfica. Pero al mismo tiempo es un momento privilegiado, porque por entonces el reino de la historia literaria, que abordaba a los escritores vinculándolos con lo que los rodea (sus lecturas, sus entornos, las escuelas literarias y, por supuesto, todas sus circunstancias vitales), empieza a declinar en favor de una escuela que exige leer las obras por sí mismas, por su estructura interna.

¡Qué golpe de suerte contar con el apoyo de Marcel Proust! Sin subirse a ese tren en marcha, Bernard de Fallois se quedará con la lección principal del ensayo que ha dado a conocer al público. En sus *Sept conférences sur Marcel Proust* pregunta: ¿es tan interesante la vida de Proust? Y contesta que no.

El pionero de las investigaciones proustianas sigue con su tarea, que se convertiría en su tesis. Suponemos que, de haberla autorizado la universidad, el tema habría sido la evolución creativa de Proust hasta *En busca del tiempo perdido*. La tesis nunca vio la luz; sin duda quedó truncada tras las dos publicaciones principales de obras de Proust, que le abrieron a su descubridor las puertas del mundo de la gran edición. Pero dos partes fueron redactadas por completo y leídas por el entorno intelectual de Bernard de Fallois. Si bien la primera parece haberse perdido, la segunda, y lamentablemente última, constituye un ensayo independiente que Les Belles-Lettres publica con el título *Proust antes de Proust*. Un ensayo erudito en el que el saber, sin embargo, aparece subsumido por una pluma singularmente alerta, como sería ideal que sucediera con una tesis, como sucede con las que se convierten en libros que nunca pasan de moda. Un ensayo cuyas cautivadoras originalidad y novedad no han disminuido tras haber dormido durante dos generaciones antes de dársenos a conocer.

Porque el comienzo en *Los placeres y los días* se nutre de esos archivos amplios, cuyos matices el clasificador maneja como un organista. Igual que el Proust detractor de Sainte-Beuve e (paradoja nada desdeñable) igual que el propio Sainte-Beuve, De Fallois sabe que la biografía del autor no debe estar ausente de la lectura de sus obras, pero debe ser una biografía interior, esa que los mejores contemporáneos de Proust llamaban «biografía psicológica», siempre y cuando sepamos captar, en la gratuidad aparente de las circunstancias vitales, la perspectiva enriquecedora de estructuras que están naciendo.

Esta es la mirada estructural que Bernard de Fallois proyecta sobre los textos aparentemente dispares reunidos en *Los placeres y los días*, para captar en ellos, a contrapelo, una misma búsqueda, una misma tentativa literaria —lo que podríamos llamar, tratándose de un joven escritor, la «búsqueda de su voz»—, búsqueda tan difícil de emprender que es preciso tomar muchos caminos distintos para lograr progresar hacia un mismo objetivo. El crítico, por otro lado, lleva su clarividencia hasta el punto no solo de identificar lo que, en los escritos de juventud, anticipa de manera aún remota *En busca del tiempo perdido*, sino también de advertir las posturas de escritor que ya no volveremos a encontrar luego en los escritos de Proust, porque ese «ya no», ese «una sola vez» nos dicen mucho acerca de las condiciones de trabajo del Proust llegado a la plena madurez.

Y como piensa esas estructuras a largo plazo, al tiempo que cataloga y clasifica los archivos, el ensayista revolotea alrededor de *Los placeres y los días* y encuentra páginas manuscritas no incorporadas a la antología de 1896 y tampoco publicadas en las revistas de la época, algunas de las cuales, sin embargo, aparecen mencionadas en los índices autógrafos que tiene ante sí, de cara a ese libro que Proust titula en un primer momento *Le Château de Réveillon*, aludiendo a la mansión que la señora Lemaire posee en La Marne, donde varios de esos textos fueron escritos en estrecha colaboración con Reynaldo Hahn, y cuyas piezas desplaza, añade o recorta, un poco como hará

Guillaume Apollinaire cuando en 1912 componga su antología poética *Alcoholes*.

Los textos en prosa que aparecen en esas hojas sueltas son relatos. Escritos al mismo tiempo que los que ya conocemos, es lógico que guarden relación con ellos. Pero leídos por sí mismos, como Proust terminó considerando que debían leerse, hablan también en un lenguaje específico, el de una serie de textos inéditos. Una parte del ensayo de Bernard de Fallois se dedica a esta cuestión específica. Es la parte que Jean-Claude Casanova tuvo el tino de prepublicar en el número 163 de la revista *Commentaire*, en el otoño de 2018, con el título «Le secret et l'aveu». Porque ese es, en efecto, el nudo. Pero ¿qué nudo, exactamente?

Los escritos que Proust deja al margen o descarta mientras prepara *Los placeres y los días* demuestran que la compilación podría haber sido un libro mucho más importante. Pero si su joven autor hubiera incluido todos los textos que reproducimos aquí, con la forma acabada que no tuvieron, la escenificación de la homosexualidad se habría convertido en el tema principal del libro. Eso no era lo que Proust deseaba, sin duda por las revelaciones que habría arrojado sobre sí mismo (revelaciones que ya no tienen ese carácter para nosotros), quizá porque algunos de esos textos necesitaban ser escritos más para él que para ser publicados, quizá, también, porque el escritor deseaba preservar cierta deliberada diversidad en su compilación; sin duda, en conclusión, porque dudaba de la calidad y la repercusión literarias de los textos que finalmente descartó.

Proust, hombre joven y joven escritor, aborda la homosexualidad, pues, desde la perspectiva del sufrimiento y la maldición. No podemos achacar toda la culpa a su época, porque esa posición se opone por completo a la de su contemporáneo exacto, André Gide, hedonista y egotista, que no solo no envuelve ese tipo de confesión con el halo trágico proustiano, sino que la asocia, al contrario, con una felicidad vitalista. De ahí surge también otra oposición entre un Proust sometido a la tensión entre el secreto y la confesión, que elabora todo un diversificado sistema de trasposiciones, y un Gide que prefiere en cambio decir «Yo», aunque en su *Diario*, tras visitar a Proust en 1921, anote: «Le cuento algunas cosas de mis Memorias: "¡Se puede contar todo!", exclama, "pero con la condición de no decir jamás 'Yo'". Ese no es mi problema».[2]

En ese contexto, pues, Proust nunca dirá «Yo», pero la narración en primera persona del capitán es la que más se acercaría a una enunciación directa y personal. En estos relatos descartados vemos como nunca el proceso de elaboración de todo un dispositivo de «proyecciones», de discursos conciliados: el drama se juega entre dos mujeres (con el narrador del lado de «la inocente», aunque en «El remitente misterioso» «la culpable» sigue siendo inocente), el drama crucial de la adolescencia se ve trasladado a un final de vida prematuro (fuente de un apocalipsis, en el doble sentido de revelación del fin de los tiempos para el sujeto y del acto de develar incluido en el verbo griego *apocalyptein*), y el sufrimiento de la condena de no ser amado por aquel

---

2. *Journal*, París, Gallimard, Bibliothèque de la Pléiade, vol. I (1887-1925), 1996, p. 1124.

a quien se ama se traspone a un universo musical («Después de la Octava Sinfonía de Beethoven»), a la situación de una heroína condenada por una enfermedad pero que decide vivir su agonía despreocupadamente («Pauline de S.»), o se exterioriza en un gato-ardilla que acompaña al sufriente en su casa y en el mundo sin que nadie se entere («La conciencia de amarla»), tras haber sido un resignado «don de las hadas»...

Pero no es fácil la trasposición cuando conlleva una carga personal y emotiva tan pesada. El narrador, en quien Proust delega la conducción del relato, se embrolla. Veremos cómo en el manuscrito de «El remitente misterioso» los papeles de Françoise y de Christiane se confunden e intercambian; el don de las hadas, que consiste en aceptar el sufrimiento por haber recibido tantas disposiciones, es aceptado con más resignación que convicción; el animal secreto, que acompañará toda la vida al que sabe que nunca será correspondido en el amor, proporciona al sujeto un consuelo que no borra el fracaso. La contradicción no se resuelve.

La moral cristiana, en este caso católica, pesa sobre estos interrogantes de una manera tan directa como nunca volverá a hacerlo. Lo que leíamos en *Los placeres y los días*, según salió publicado, reduce la preocupación religiosa a un perfume de misticismo superficial, aureolado de una decadente melancolía finisecular. Pero los relatos descartados se hacen más insistentes. Christiane morirá consumida por haber ardido de amor en silencio por su amiga Françoise. Françoise pregunta si consentir el deseo de Christiane no la salvaría. Su confesor le contesta que eso significaría hacer que la moribunda (que le ha sido presentada como un moribundo) dilapide de golpe el sacrificio de toda una vida en pos de un ideal de pureza. Las dos posturas se oponen radicalmente: ninguna de las dos queda invalidada en términos absolutos.

Cuando se convierta en novelista, el joven autor de estos relatos nunca volverá a exponer con tanta insistencia ese *memento mori* de la predicación clásica. Nunca volverá a meterse directamente con el Dios creador para preguntarle el porqué, salvo, por medio de imágenes, a la hora de definir la creación artística. Aquí el sujeto que sufre, apartado del mundo del amor, pronuncia un «mi reino no es de este mundo» muy personal; se pregunta dónde encontrar por sí mismo esa promesa de «paz sobre la tierra para los hombres de buena voluntad». El diálogo de muertos «En el infierno» toma distancia de la proximidad angustiante de todos estos problemas, pero la pátina antigua de los Infiernos no suprime la perspectiva del infierno y la condena cristiana, que uno de los protagonistas trata de conjurar dando el nombre de *felix culpa* a la poesía y a los poetas, como se había hecho con el pecado original.

Entonces, los personajes de médicos, a medio camino entre Adrien Proust, el padre del escritor, y el futuro doctor Du Boulbon, personaje ficticio de *En busca del tiempo perdido*, toman el relevo para abrir acaso un camino hacia lo que Bergson, tras la muerte de Proust, llamará «las dos fuentes de la moral y de la religión». Cuando señala que su paciente se muere de una consunción que no se deriva de ninguna enfermedad orgánica, el médico de Christiane se anticipa al Freud que visita a Charcot en La Salpêtrière y prepara sus *Estudios sobre la histeria*. «Recuerdo de un capitán» sugiere el caso de un sujeto que ignora, al mismo tiempo que la narra, su propia homosexualidad, que en su relato por tanto jamás será nombrada. «Después de la Octava Sinfonía de Beethoven» llama a reflexionar sobre la relación entre la respiración del asmático y la ocupación del espacio. Son muchos, en suma, los objetos e imágenes simbólicos que pueblan estos relatos.

Pero la psicología homosexual, o la homosexualidad percibida desde dentro, directamente o traspuesta, no constituyen ni de lejos para nosotros el único tema, la única apuesta de estos relatos. Lo que vemos en ellos es al escritor en el momento de iniciar su proyecto literario, que cobrará forma progresivamente y en continuidad hasta *En busca del tiempo perdido*.

El estudiante de Filosofía no queda lejos; más aún, es contemporáneo. El consuelo de no ser amado proyectado en un universo musical («Después de la Octava Sinfonía de Beethoven») parece ya abonado por la metafísica de la música de Schopenhauer. En su laborioso recuerdo, el capitán retoma la distinción tan fichteana entre el yo y el no-yo, y su interrogación sobre la recreación del pasado en el pensamiento, todavía torpe, conocerá una posteridad importante, igual que la búsqueda de una definición de la «esencia». Estos recuerdos de erudición filosófica ya son sutiles aquí, y el narrador de *En busca del tiempo perdido* sabrá volverlos irreconocibles en su prosa, que seguirá sin embargo nutriéndose de ellos.

Como era de esperar, algunas anotaciones, aunque fugaces, son partidas de nacimiento de episodios enteros de la todavía lejana *En busca del tiempo perdido*. Veremos surgir aquí la función de las cartas en la resurrección de los personajes; la mediación de Botticelli en la percepción del ser amado; los dos versos de Vigny a modo de epígrafe en *Sodoma y Gomorra* («En el infierno»); quizá la explicación anticipada del frío saludo de Saint-Loup al final del episodio de Doncières en *La parte de Guermantes*; una primera versión de la gran controversia sobre la homosexualidad entre Charlus y Brichot (en este caso, Caylus y Renan dialogando «En el infierno») en *La prisionera*; pero también eso a lo que responderá algún día la perorata del doctor Du Boulbon en *La parte de Guermantes* sobre las patologías de los genios creadores; una primera versión del paseo solitario en el Bois de Boulogne que algún día concluirá *Por la parte de Swann* («Jacques Lefelde») y del episodio del «nuevo escritor» en *La parte de Guermantes*; la etimología del apóstrofe «Árboles, ya no tenéis nada que decirme» en mitad del *El tiempo recobrado*.

Pero ante los ojos del lector desfila la antología literaria de las primeras lecturas importantes del escritor que debuta: *Fedra*, de Racine, y «La tristeza de Olimpio», de Victor Hugo, tal vez Stendhal en «Jacques Lefelde» y Dumas padre en «En el infierno», mucho del universo de Edgar Allan Poe de manera implícita, como veremos, y, en esa órbita, reminiscencias de Gérard de Nerval y de las novelas de Tolstói, cuya influencia se alejará después de *Jean Santeuil*.

Porque el desarrollo (inconcluso, recordémoslo) de estos relatos tiene el interés a largo plazo de observar al escritor en ciernes experimentando con formas literarias que no serán las del escritor maduro: el relato de suspense, el cuento fantástico, el diálogo entre muertos. Es especialmente interesante advertir cómo al incursionar con predilección en las formas de la parábola, la fábula y el cuento, el novelista todavía no revelado aprovecha para experimentar a la vez los motivos por los que no retomará dichas formas y los recursos que puede obtener de ellas.

En particular, la novela mundana, cuya veta subyacente no aparece suficientemente resaltada en la atmósfera de *En busca del tiempo perdido*, y que se constituye en breves microcosmos en varios de estos relatos, de manera destacada el encuentro amoroso en el contexto de la alta sociedad, con sus recursos pero sobre todo sus obstáculos. Esa novela mundana de atmósfera concentrada, que nos ahorra, incluso en el seno de una novela extensa, con mayor razón al servicio de la brevedad de un relato, las largas preparaciones del arsenal novelesco. Ese universo de visitas, mayordomos, lugares de veraneo y calesas que será el de Swann. Ese universo que Proust descubrirá en la novela de su amigo Georges de Lauris, *Ginette Chatenay*, leída en manuscrito entre 1908 y 1909, publicada en 1910, y que por otro lado pone en escena a una heroína que lee *Los placeres y los días*. El círculo se ha cerrado.

Son tantas las etapas de aprendizaje y experimentación que separan al joven que redacta estos relatos del novelista de *En busca del tiempo perdido* que uno no esperaría encontrar nada del gran novelista en el debutante. De ahí el interés de detectar precisamente lo que ya aparece en ellos. Por ejemplo, las primerísimas versiones de la futura división entre tiempo perdido y tiempo recobrado, aquí llamados frivolidad y profundidad, dispersión e interioridad, apariencia y realidad. Esa división encontrará formulaciones más profundas muy pronto, en *Jean Santeuil*, pero tampoco entonces será pensada como una división estructurante, y esa gran novela que seguirá a los breves relatos fracasará al no poder aprovechar una idea que expresa con claridad, pero sin pensar en ponerla en acción.

Además, estos relatos prefiguran al narrador de *En busca del tiempo perdido* en su función de traspasar las apariencias y reconocer, como diría La Bruyère, tan presente en la esfera de *Los placeres y los días*, a través del hombre que se ve, al hombre que no se ve (¿razón posible de la alegría de una moribunda, la consunción sin causas orgánicas de otra, el recuerdo triste y angustiado de un capitán, los paseos solitarios y recurrentes que un escritor da por el Bois siempre a la misma hora?).

En el universo en perpetua construcción de un escritor, los giros verbales también tienen su historia, es decir, sus actas de nacimiento y su desarrollo posterior. Un día aún lejano, el giro «sello de autenticidad» condensará un fragmento célebre de *El tiempo recobrado*. Pero es en un relato inédito de su juventud donde Proust verá nacer de su pluma ese recurso.

Por último, nos gustaría creer que si algunos de estos relatos no llegaron a buen puerto fue porque su autor dudaba, sin terminar de decidirse, entre varias posibilidades. De una frase a la otra, el capitán se acuerda muy bien y ya no logra acordarse del brigadier que tanto lo conmovió un día de un pasado ya remoto. En otro momento veremos cómo el diálogo directo y el análisis accesorio pugnan por convertirse en la materia del relato, sin que ninguna de las dos formas consiga prevalecer sobre la otra.

Fecundas vacilaciones. Porque todas esas contradicciones son provisorias. Nosotros, que hoy podemos leer no solo *En busca del tiempo perdido*, sino también los cuadernos donde se cocina, sabemos que el novelista procederá de ese modo: yuxtaponiendo en una misma página una circunstancia del relato y su contraria, porque quiere probar el impacto de ambas, sus implicaciones, y el análisis que podría asociársele. Los cuadernos de *Albertine desaparecida* son significativos en ese sentido: allí leemos que Albertine conoció —no conoció— a la señorita Vinteuil y a su amiga; que mantuvo —pero en realidad quizá no— relaciones con Andrée; que el héroe no tiene el menor deseo de saber con quién se paseaba antes Gilberte por los Campos Elíseos, pero la interroga al respecto. El guionista de *En busca del tiempo perdido*, que sopesará las potencialidades de su relato, ya se oculta en las contradicciones de esos relatos inéditos.

Un problema moral se manifiesta aquí en una atmósfera sombría. Pero no solamente eso: estos relatos expresan la admiración ante la belleza, la densidad de vida que encierran el misterio, el enigma por resolver y la riqueza inalienable que posee cada uno, que consiste en explorar el propio mundo interior; esa es la empresa que el arte fragua, acompaña y consuma. Por ello, desde sus primeros escritos, Proust propone ese giro que Albert Camus (el Camus de *El hombre rebelde*) leerá en *El tiempo recobrado*: una alternativa a la desesperación.

Hasta la maldición y el sufrimiento, en efecto, se revelan como creadores: son ellos los que organizan las situaciones y los personajes, profundizan los interrogantes, requieren trasposiciones originales, siempre renovadas y moduladas. Este joven escritor que dice y se guarda su secreto ya parece presentir a la Gilberte y la Albertine de su obra futura que, transparentes, devolviendo centuplicado todo el amor que les profesan, no escondiendo nada, diciéndolo todo, aniquilarían la fuerza analítica con la que se impondrá y triunfará el narrador de *En busca del tiempo perdido*. Porque, como revelará este entonces, «las ideas son los sucedáneos de las tristezas».

La creación de este volumen de inéditos no habría sido posible sin la confianza que el señor Dominique Goust, director de las Éditions de Fallois, depositó en esta empresa. Que su equipo editorial y él mismo reciban aquí la expresión de todo mi reconocimiento.

Nota sobre el texto

A continuación reproducimos una serie de textos autógrafos de Marcel Proust, todos inéditos salvo en un caso, incluidos en los archivos de Bernard de Fallois (legajos 1.1. y 5.1 en su signatura original) y utilizados por el ensayista en su investigación sobre *Los placeres y los días*, dado que la redacción de aquellos textos fue contemporánea de la elaboración de esta compilación, en cuyo sumario aparecieron durante un tiempo. Cada texto está introducido por una explicación de su creación y algunas observaciones sobre las novedades que ofrece y su influencia más a largo plazo en la obra posterior de Proust. En las introducciones remitimos a las siguientes ediciones de Proust:

- *À la recherche du temps perdu*, edición de Jean-Yves Tadié, París, Gallimard, Bibliothèque de la Pléiade, 4 vols., 1987-1989. [Hay trad. cast.: *En busca del tiempo perdido*, trad. de Carlos Manzano, Barcelona, Debolsillo, 2016.]
- *Correspondance de Marcel Proust*, establecida, anotada y presentada por Philip Kolb, París, Plon, 21 vols., 1970-1993.
- *Les Plaisirs et les Jours, Jean Santeuil*, publicados por Pierre Clarac e Yves Sandre, París, Gallimard, Bibliothèque de la Pléiade,

1971. (Edición original de *Jean Santeuil* a cargo de Bernard de Fallois, prólogo de André Maurois, París, Gallimard, 3 vols., 1952.) [Hay trad. cast.: *Los placeres y los días*, trad. de Consuelo Berges, Madrid, Alianza Editorial, 2018; *Jean Santeuil*, trad. de Mauro Armiño, Madrid, Valdemar, 2007.]

— *Contre Sainte-Beuve, Pastiches et Mélanges, Essais et articles*, publicados por Pierre Clarac e Yves Sandre, París, Gallimard, Bibliothèque de la Pléiade, 1971. (Edición original de *Contre Sainte-Beuve suivi de Nouveaux Mélanges*, según un ordenamiento distinto, prólogo de Bernard de Fallois, París, Gallimard, 1954.) [Hay trad. cast.: *Ensayos literarios (Contra Sainte-Beuve)*, trad. de José Cano Tembleque, Barcelona, Edhasa, 2 vols., 1971.]

— *Carnets*, publicados por Florence Callu y Antoine Compagnon, París, Gallimard, 2002.

L. F.

Pauline de S.

[Este breve apólogo se emparenta con las narraciones de últimos días de vida que jalonan insistentemente Los placeres y los días, *así como con los textos abandonados que se leerán a continuación. Más liviano que ellos, sin embargo, este tiende a un mensaje predilecto de la prédica clásica, el del* memento mori. *Como en dos relatos inéditos que se publican más adelante, el personaje del médico parece ocupar el lugar del interrogatorio religioso. Al principio, en un esbozo todavía lejano pero decisivo, se dibuja la división entre tiempo perdido y tiempo recobrado: nacida de la oposición clásica entre divertimento y gravedad, dispersión y restablecimiento moral, la división se centra por un momento en «la profundidad emocional de las artes, donde sentimos que descendemos hasta el centro mismo de nuestro ser» y anuncia la moral estética de Proust, del Proust de* En busca del tiempo perdido, *que el septeto póstumo de Vinteuil, misteriosamente, comunicará al héroe en* La prisionera. *Las lecturas serias que Pauline rechaza (en particular,* La imitación de Cristo) *son sin embargo las que alimentan los epígrafes de los textos de la compilación, y en vez de Labiche, elegido aquí por la heroína, el autor prefiere unos «Fragmentos de comedia italiana». ¿Y si el joven autor de* Los placeres y los días *fuera*

uno de esos que, aun habiendo visto la muerte de cerca, regresan, bajo ese barniz finisecular, a sus actividades y pensamientos frívolos? Es difícil descifrar a primera vista el contexto de este fragmento aparentemente «sencillo».]

Un día me enteré de que mi vieja amiga Pauline de S., enferma de cáncer desde hacía mucho tiempo, no pasaría del año, y que se daba cuenta de ello con tal claridad que el médico, incapaz de engañar a su gran inteligencia, le había confesado la verdad. Pero ella también sabía que, hasta el último mes, y salvo un percance imprevisto que siempre puede ocurrir, se mantendría lúcida y hasta con cierta actividad física. Ahora que sabía disipadas sus últimas ilusiones, me resultaba extremadamente difícil ir a verla. Una noche, sin embargo, tomé la decisión de ir al día siguiente. Aquella noche no pude dormir. Las cosas se me aparecían como debían de aparecérsele a ella, tan cercana a la muerte, al revés de como se nos aparecen habitualmente. Los placeres, las diversiones, las vidas, los trabajos concretos, insignificantes, insípidos, irrisorios eran ridícula y espantosamente pequeños e irreales. Las meditaciones sobre la vida y sobre el alma, la profundidad emocional de las artes, donde sentimos que descendemos hasta el centro mismo de nuestro ser, la bondad, el perdón, la piedad, la caridad, el arrepentimiento en primer lugar eran lo único real. Llegué a su casa abrumado, en uno de esos estados en que dentro de nosotros no sentimos más que el alma, el alma que desbordaba, desinteresado de todo lo demás, a punto de llorar. Entré. Estaba sentada en el sillón de siempre junto a la ventana, y su cara no estaba impregnada de la tristeza que desprendía desde hacía algunos días en mi imaginación. El adelgazamiento, la palidez enfermiza eran puramente físicas. Sus rasgos seguían teniendo una expresión burlona. Tenía en la mano un panfleto político, que dejó cuando entré. Charlamos durante una hora. Como en el pasado, seguía practicando la conversación brillante a expensas de las distintas personas que conocía. La detuvo un acceso de tos, tras el cual escupió un poco de sangre. Cuando se recuperó, me dijo:

—Váyase, querido amigo; no debo cansarme esta noche, pues espero a algunas personas a cenar. Pero tratemos de vernos en estos días. Reserve un palco para alguna tarde. Por la noche, el teatro es demasiado fatigante para mí.

—¿En qué teatro? —le pregunté.

—El que usted desee, pero sobre todo nada de su aburrido *Hamlet* ni de *Antígona*. Usted conoce mis gustos, una obra alegre, algo de Labiche, si lo están representando en este momento, o una opereta, si no.

Me fui estupefacto. Nuevas visitas me hicieron saber que la lectura del Evangelio y de *La imitación*, la música y la poesía, las meditaciones, el arrepentimiento de las ofensas cometidas o el perdón de las ofensas recibidas, los diálogos con pensadores, sacerdotes, personas queridas o antiguos enemigos, o los diálogos consigo misma estaban ausentes de la morada donde terminaba su vida. No me refiero a la compasión física hacia sí misma que estaba demasiado poco nerviosa y demasiado dura para experimentar. Yo me preguntaba a menudo si no era una actitud, una máscara, si una parte de la vida que me ocultaba no era lo que habría debido ser. Luego supe que no, que con los demás e incluso sola era como conmigo, como antes. Me parecía que había allí un endurecimiento, una sinrazón única. Insensato de mí, que vi la muerte tan de cerca y sin embargo retomé mi vida frívola. ¡Cuánto de todo lo que me asombraba veo ahora sin cesar ante mis ojos! Todos nosotros, ¿no hemos sido condenados ya por el médico? ¿No lo sabemos, acaso, así como que sin duda hemos de morir? A cuánta gente vemos, sin embargo, meditar sobre la muerte para abandonar dignamente la vida.

El remitente misterioso

[Pese a algunos detalles inconclusos, este relato completo (véase cuaderno iconográfico, fig. 1), incluido durante un tiempo en la compilación y dedicado entonces al pianista Léon Delafosse (1874-1955), se parece a otros que sí fueron publicados allí: la confesión de lo inconfesable ante la cercanía de una muerte que reorganiza todas las cartas en juego, de una agonía que despoja al secreto de su peso moral.

Como indica el título, retomado en una ocasión a lo largo del relato, todo gira alrededor de unas cartas misteriosamente halladas en el apartamento de Françoise, la protagonista, que ella supone que proceden de un militar. Ahora bien, en ese mismo período, durante el verano de 1893, Proust emprende con unos amigos la escritura de una novela epistolar en la que desempeña el papel de una mujer de mundo que, enamorada de un suboficial, se sincera ante su confesor (papel encarnado por Daniel Halévy, mientras que Louis de La Salle asume el de un oficial). La novela colectiva no llegó a buen puerto, pero Proust, en paralelo, quizá en secreto, escribió un relato en el que el confesor de Françoise, el abad de Tresves, solo interviene en las últimas páginas, y cuyo cuerpo principal no es epistolar.

Las cartas que llegan misteriosamente evocan de manera indirecta el relato de Edgar Allan Poe «La carta robada», que Proust valoraba. Algo también de las Narraciones extraordinarias *de Poe pasa a la de Proust a través de esa moribunda (Christiane) que en cierto momento le habla a su amiga Françoise de su consunción. En la misma penumbra, que está en el centro del relato, resuena el eco de la oposición nervaliana entre la realidad y el sueño (de la que se habla en una variante de «segunda vida»).*

Este relato de juventud muestra al novelista en ciernes experimentando con fórmulas narrativas que después casi nunca adoptará. Al principio intenta verter toda la psicología de su personaje en la descripción, muy trabajada, de sus manos (pensamos en la famosa gorra de Charles Bovary). Luego prueba (torpemente) a escribir con suspense sobre esas cartas halladas en el comedor de Françoise. Nótense las frases tachadas y los añadidos interlineales, que dan muestra de la dificultad que encuentra quien conduce el relato para plantear y precisar las circunstancias narrativas necesarias. Es la misma dificultad que tendrá el autor de En busca del tiempo perdido, *muchas de cuyas frases ganan en pesadez cuando, en una situación concreta que no termina de plantearse, pretenden justificar la reflexión a la que quiere llegar el narrador.*

En En busca del tiempo perdido *hay una carta que llega de una remitente misteriosa: el telegrama que el héroe de* Albertine desaparecida *recibe cuando está a punto de irse de Venecia, firmado por Albertine, que sin embargo ya ha muerto y cuyo nombre se confunde con el de Gilberte, que anuncia su matrimonio. Todo el viejo relato parece haberse condensado en esa única circunstancia. En el mismo libro intervendrá otro remitente misterioso, del que el héroe recibe una carta tras la aparición de su artículo en* Le Figaro: «*Recibí otra carta además de la de la señora Goupil, pero el nombre, Sautton, me era desconocido. Era una escritura popular, un lenguaje encantador. Me apenó no poder descubrir quién me había escrito».* Sabemos que esa circunstancia, presentada como no identificable, está inspirada en la carta que Alfred Agostinelli le envía a Proust en 1907, tras la aparición de su artículo «Impresiones del camino en automóvil». Pero el boceto de esa circunstancia misteriosa, como vemos aquí, es mucho más antiguo en el imaginario novelesco de Proust.

También aparece aquí, pues las palabras tienen su historia en la evolución creadora de un escritor, por primera vez en la pluma de Proust, el «sello de autenticidad» que veremos reaparecer en el otro extremo de los escritos del novelista, al final de El tiempo recobrado, cuando el narrador dogmático de «La adoración perpetua» se pronuncie sobre las reminiscencias involuntarias: «Su primera característica era que yo no tenía la libertad de elegirlas, sino que me se me daban tal como eran. Y yo sentía que ese debía de ser su sello de autenticidad». Prueba de que una expresión no se pierde nunca, sino que puede sobrevivir por un tiempo excepcionalmente largo si consigue fijar para siempre el concepto que el escritor forja con paciencia.

Relato de enigma, la fábula se instala en la atmósfera de la novela mundana para poner en escena la homosexualidad, en este caso a través de Gomorra. Están en juego el amor no correspondido, el fuerte sentimiento de culpa, la relación entre secreto y confesión, el peso del juicio social, la relación entre moral y religión (católica).

Como la remitente debe disfrazarse de remitente varón —Proust traspone lo que sabe de la homosexualidad al drama secreto de una mujer—, las ambigüedades que se generan son complejas. Se notará, por otro lado, la continua confusión de nombres en que incurre la pluma del autor: *Françoise* y *Christiane* se invierten una y otra vez, lo que provoca tachaduras frecuentes y hasta olvidos. *El secreto del enigma se devela involuntariamente* —lapsus calami *de* Proust— *por la concordancia de un participio («vista»)** *y delata bastante pronto al remitente misterioso. A tal punto que incluso el secreto y la confesión aparecen invertidos: es la que está poseída por un secreto inconfesable la que lo confiesa en sus cartas; y la que lo recibe, que no tiene nada que ocultar, es la que está atormentada por el secreto.*

Cierta parodia de los oradores y predicadores clásicos circula por las evocaciones de la piedad católica. El sacerdote interviene, como en Las amistades peligrosas, *en el paroxismo del drama. La fragancia de la novela edificante se evapora por efecto de un doble cuestionamiento de los preceptos morales, que aparece para terminar desajustado con respecto al drama y preserva la carga de una culpa ineludible. Pero el sacrificio sublime que predica el confesor, y que Christine de hecho consumará, conserva toda su profundidad.*

Frente a los requerimientos de Dios, los preceptos del médico funcionan aquí como una coartada para forzar y develar el secreto. La tesis defendida es que cierto grado de sufrimiento, con sus consecuencias, requeriría la transgresión de las reglas de la moral. Se advertirá que el recordatorio del médico del estado de consunción de Christiane, estado que no responde a ninguna lesión orgánica, remite de manera extraña a los Estudios sobre la histeria *de*

---

* El participio que revela el género del remitente en el original francés se convierte en español en un pronombre personal, «la». *(N. del T.)*

Freud (1905), llevados a cabo en La Salpêtrière junto a Charcot (con quien colaboraba Adrien Proust), según los cuales la catatonia de las histéricas no responde a deficiencia alguna, sino que, por el contrario, es el resultado de la neutralización de un conflicto entre fuerzas opuestas excepcionalmente intensas. Aunque Proust, según parece, tardó mucho en conocer las teorías de Freud, su intuición ya lo coloca en el centro de ellas desde sus primeros escritos.]

«Querida mía: te prohíbo que vuelvas caminando, prepararé el coche, hace demasiado frío, podrías enfermar.» Esto había dicho hacía un rato Françoise de Lucques[3] al despedir a su amiga Christiane,[4] y ahora que se había ido se arrepentía de esa frase torpe, que habría sido muy insignificante de habérsela dirigido a otra persona,[5] pero que podía preocupar a la enferma sobre su estado. Sentada junto al fuego donde se calentaba alternativamente[6] los pies y las manos, no dejaba de hacerse la pregunta[7] que la torturaba: ¿podrían curar a Christiane[8] de esa languidez[9] enfermiza? Aún no habían llevado las lámparas. Ella estaba a oscuras. Pero ahora, como volvía a calentarse las manos, el fue-

3. Nombres tachados: «Christiane Florence Tavens».
4. Manuscrito: «Christiane Tavens»; «Florence de Lucques» tachado.
5. «muy [...] persona»: añadido interlineal.
6. «alternativamente»: añadido interlineal.
7. Borrador: «Se preguntaba si sería posible curar esa languidez de Françoise sentía».
8. Manuscrito: «Françoise».
9. Borrador: «languidez. Y según se [dijera] respondiera sí o no, sentía su más inviolable, su más impetuosa ira intelectual y moral, y también esas dulces y humildes. Sus manos, que se veí[an]».

go iluminaba su gracia y su alma.[10] En su resignada belleza[11] de tristes exiliadas en ese mundo vulgar, las emociones podían leerse con la misma claridad que en una mirada expresiva. Habitualmente distraídas, se extendían con una suave languidez. Pero esa noche, a riesgo de dañar el tallo[12] delicado que las sostenía de forma tan noble, se desplegaban dolorosamente,[13] como flores atormentadas.[14] Y pronto[15] unas lágrimas[16] caídas de sus ojos en la oscuridad aparecieron una por una[17] en el momento en que tocaban las manos que, extendidas contra las llamas, estaban a plena luz. Entra un criado, había llegado correo, una sola carta y con una caligrafía compleja que Françoise[18] no conocía.[19] (Aunque su marido quería a Christiane tanto como ella y consolaba con ternura a Françoise cuando la

---

10. Serie de borradores: «alma. Las manos suaves delicadas parecían arrebatadas por un y [*sic*] hermosas como flores, noblemente sostenidas por el tallo de la muñeca, del que surgían en una línea orgullosa antes de expandirse del que surgían tan delgadas como él antes de abrirse. Esas manos tan encantadoras y tan eran [*sic*] también más expresivas como un rostro una mirada y dolorosas como un alma tan expresivas como una sonrisa o una mirada. Eran habitualmente estables y hermosas criaturas sufrientes como exiliadas, habitualmente distraídamente extendidas, esa noche se sacudían dolorosamente. Sufrían en su gracia».

11. Variante: «pura belleza».

12. Variante: «la muñeca».

13. Variante: «extrañamente».

14. Variante: «flores de desesperación»; borrador: «y se entristecían en su lenguaje».

15. Borrador: «pronto presas en la pequeña se veían posándose».

16. Borrador: «lágrimas aparecieron en sus».

17. «una por una»: añadido interlineal.

18. Manuscrito: «Christiane».

19. Borradores: «Leyó volvió esperó que hubieran traído fue todo acercó la carta del cerró para poder leer y dijo que esperaran cinco minutos más antes de traer las lámparas».

notaba apesadumbrada, no quería entristecerlo inútilmente con la visión de sus lágrimas si él volvía de improviso,[20] y prefería tener tiempo de enjugarse las lágrimas en[21] la oscuridad.) De modo que pidió que llevaran las lámparas solo al cabo de cinco minutos y acercó la carta al fuego para iluminarla. El fuego arrojaba llamas suficientes para que, al inclinarse para iluminarla, Françoise[22] pudiera distinguir las letras, y esto fue lo que leyó.

Señora:

Hace mucho tiempo que la amo, pero no puedo ni decírselo ni no decírselo.[23] Perdóneme. Vagamente, todo lo que me han dicho acerca de su vida intelectual, de la distinción única de su alma, me convenció[24] de que solo en usted encontraré la dulzura tras una vida amarga,[25] la paz tras una vida aventurada, el camino hacia la luz tras una vida de incertidumbre y oscuridad. Y usted ha sido, sin saberlo,[26] mi compañía espiritual. Pero eso ya no es suficiente. Es su cuerpo lo que quiero, y al no poder tenerlo, en mi desesperación y mi frenesí, escribo esta carta para calmarme, como se arruga un papel mientras se espera, como se escribe un nombre en la corteza de un árbol,[27] como se grita un nombre al

20. «si volvía imprevistamente»: añadido interlineal.
21. Borrador: «permanecer en la oscuridad».
22. Manuscrito: «Christiane».
23. Variante: «ni seguir dejando de hacerlo».
24. Borrador: «me hizo suponer que usted era la Elegida que».
25. Variante: «áspera».
26. «sin saberlo»: añadido interlineal.
27. Variante: «en los árboles».

viento o en el mar.[28] Para explorar con mi boca[29] la comisura de sus labios daría mi vida.[30] La idea de que tal cosa podría ser posible[31] y de que es imposible me abrasa de igual modo. Cuando reciba de mí estas cartas, sabrá usted que en este momento me enloquece[32] este deseo. Es usted muy buena, apiádese de mí, me muero por no poseerla.

Françoise[33] acababa de terminar esta carta cuando el criado entró con las lámparas, decretando la realidad, por así decirlo, de la carta que ella había leído como en un sueño, a la luz movediza e incierta de las llamas. Ahora, la luz suave pero firme y franca de las lámparas[34] hacía salir,[35] de la penumbra intermedia entre los hechos[36] de este mundo y los sueños del otro, nuestro mundo interior, le daba como el sello de autenticidad de la materia y de la vida.[37] En un primer momento, Françoise[38] quiso mostrar la carta a su marido.[39] Pero pensó que era más generoso[40] ahorrarle esa preocupación y que a ese desconocido al que nada podía darle le debía al menos el silencio mien-

---

28. Borrador: «mar. Usted es».
29. Variante: «mi lengua».
30. Variante: «toda mi vida».
31. Variante: «fuera posible».
32. Variante: «que esa idea me enloquece y que es preciso que me calme».
33. Manuscrito: «Christiane».
34. Borradores: «franca daba la más perfecta daba como el sello de la (reali) vida».
35. Variante: «hacía salir eso».
36. Variante: «los hechos materiales».
37. «y de la vida»: añadido interlineal.
38. Manuscrito: «Christiane».
39. Borrador: «marido. Él aún no estaba».
40. Variante: «generoso para con [su marido] ahorrarle».

tras esperaba el olvido.[41] Pero a la mañana siguiente recibió una carta[42] con la misma caligrafía retorcida y estas palabras: «Esta noche a las nueve estaré en su casa.[43] Al menos, quiero verla». Entonces Françoise[44] sintió miedo. Christiane[45] tenía que marcharse al día siguiente a pasar quince días en el campo, cuyo aire energizante podría hacerle bien. Escribió a Christiane[46] rogándole que fuera a cenar con ella, aprovechando que su marido justamente salía esa noche. Pidió a los criados que no dejaran entrar a nadie e hizo cerrar bien todos los postigos.[47] No le cuenta nada a Christiane,[48] pero a las nueve le dijo que tenía jaqueca,[49] y le rogó que fuera a la sala, hasta la puerta que presidía la entrada a su habitación, y que no dejara entrar a nadie. Se arrodilló en su habitación y rezó. A las nueve y cuarto, sintiéndose desfallecer, fue al comedor a buscar un poco de ron. En la mesa había un gran papel blanco con estas palabras en letras de imprenta:[50] «¿Por qué no quiere usted verme? Yo la amaría tanto... Algún día echará de menos las horas que le habría hecho pasar. Se lo suplico.[51] Déjeme verla, pero[52] si me lo

41. Variante: «y pronto si era posible el olvido».
42. Borrador: «carta en la que se decía».
43. Borrador: «casa. La amo co[mo]».
44. Variante: «Christiane».
45. Manuscrito: «Françoise».
46. Variante: «Françoise».
47. «más [...] postigos»: añadido interlineal.
48. Manuscrito: «Françoise».
49. «le [...] jaqueca»: añadido interlineal. Hay varios añadidos incompatibles entre sí, de los cuales se destaca este: «quería descansar un poco en su habitación pues tenía jaqueca».
50. Variante: «en una letra rebuscada».
51. «Se [...] suplico»: añadido interlineal.
52. «pero»: añadido interlineal.

ordena, me iré inmediatamente».[53] Françoise se horrorizó. Pensó en decir a los criados que acudieran armados. La idea la avergonzó, y pensando que por el poder que ejercía sobre el desconocido no había autoridad más eficaz que la suya, escribió al pie[54] del papel: «Váyase inmediatamente, se lo ordeno». Y se precipitó[55] a su habitación, se arrojó sobre su reclinatorio y sin pensar en nada más rezó con fervor a la Santa Virgen.[56] Al[57] cabo de una media hora fue a buscar a Christiane,[58] que leía en la sala según su petición. Quería beber algo, y le pidió que la acompañara al comedor. Entró temblando, sostenida por Christiane, [y] casi desfallece al abrir la puerta, luego avanzó a paso lento, casi moribunda. A cada paso que daba parecía no tener fuerzas para dar uno más, como si fuera a desfallecer[59] allí mismo. De pronto tuvo que sofocar un grito. Sobre la mesa, un nuevo papel, en el que leyó: «He obedecido. Ya no regresaré. No volverá usted a verme jamás».[60] Por suerte, Christiane,[61] pendiente del malestar[62] de su amiga, no había podido verlo, y Françoise[63] tuvo tiempo de cogerlo deprisa, aunque con aire indiferente, y metérselo en el bolsi-

---

53. Variante: «me voy a ir. Entonces Christiane tuvo miedo».
54. Variante: «en medio».
55. Variante: «se precipitó cerrando la puerta».
56. Variante: «rezó a Nuestro Señor Jesucristo».
57. Variante: «Luego, al cabo».
58. Manuscrito: «Françoise».
59. Variante: «detenerse».
60. «Ya no [...] jamás»: añadido interlineal.
61. Variante: «Françoise».
62. Variante: «turbación».
63. Variante: «Christiane».

llo.[64] «Debes volver a casa temprano —dijo al poco a Christiane—,[65] pues viajas mañana por la mañana.[66] Adiós, querida mía. Es posible que no pueda ir a verte[67] mañana por la mañana;[68] si no me ves, es porque habré dormido hasta tarde para curarme la jaqueca.» (El médico había prohibido las despedidas para evitar a Christiane[69] las emociones demasiado fuertes.) Pero Christiane,[70] consciente de su estado,[71] entendía perfectamente[72] por qué Françoise no se atrevía a ir[73] [y por qué] le habían prohibido las despedidas, y lloraba diciéndole adiós a Françoise, que resistió su tristeza hasta el final y se mantuvo serena para tranquilizar a Christiane,[74] Françoise[75] no durmió. Las palabras del último mensaje del desconocido: «No volverá usted a verme jamás» la inquietaban más que cualquier otra cosa. Decía «volver a verme», de modo que la [sic] había visto.[76] Mandó examinar las ventanas: ni un postigo se había movido.[77]

64. Borrador: «bolsillo. Luego dijo a Françoise [sic]: Te hice venir hasta aquí para comer algo, con la esperanza de curarme la jaqueca, pero estoy mejor, ya no hace falta. Volvamos. Por lo demás».
65. «dijo luego a Christiane»: añadido interlineal.
66. Borrador: «mañana a pasar estos pocos días».
67. Variante: «No iré a».
68. Borrador: «mañana, será demasiado temprano para mí».
69. Variante: «Françoise».
70. Variante: «Françoise».
71. «consciente de su estado»: añadido interlineal.
72. Borrador: «perfectamente la razón».
73. «Françoise [...] ir»: añadido interlineal.
74. Variante: «Françoise».
75. Variante: «Christiane».
76. Borrador: «visto. A la mañana siguiente».
77. Variante: «ventanas cuyos postigos había ordenado cerrar».

No había entrado por allí. Había, pues, sobornado[78] al portero de la mansión. Quiso despedirlo, pero, insegura, esperó.[79]

A la mañana siguiente, el médico de Christiane, a quien Françoise había pedido que le diera noticias de Christiane tan pronto ella se hubiera ido, acudió a verla.[80] No le ocultó que el estado de su amiga, sin estar irremediablemente comprometido, podía volverse de pronto desesperado, y que no veía qué tratamiento específico podía prescribirle.

—Ah, qué lástima que no se haya casado —dijo—.[81] Solo una vida nueva como esa podría ejercer una influencia saludable[82] sobre su estado de languidez. Solo placeres nuevos como esos podrían modificar un estado tan profundo.

—¡Casarse! —exclamó Françoise—.[83] Pero ¿quién querría casarse con ella, estando tan enferma?

—Que se busque un amante —dijo el doctor—. Se casará con él si la cura.

—¡No diga cosas tan horribles, doctor! —exclamó Françoise.[84]

—No digo cosas horribles —contestó tristemente el médico—. Cuando una mujer está en semejante estado y es virgen, solo una vida completamente diferente[85] puede salvarla. En

---

78. Variante: «comprado».

79. Borrador: «Lo despidió a la mañana siguiente pese a».

80. Vacilación en el uso de los pronombres: «Christiane» escrito encima de «Françoise», «Françoise» encima de «Christiane».

81. Variante: «dijo, o que no se haya buscado o si es demasiado tarde que no se busque un amante».

82. Borrador: «saludable. El fin de la virginidad es la...».

83. Manuscrito: «Françoise».

84. Manuscrito: «Françoise».

85. Variante: «una segunda vida; una vida nueva».

momentos extremos como este, no creo que debamos preocuparnos por las conveniencias y vacilar. Pero volveré a verla mañana, hoy tengo mucha prisa, y hablaremos otra vez del asunto.[86]

Una vez que estuvo sola, Françoise pensó unos instantes en las palabras del médico, pero enseguida, involuntariamente, volvió a pensar en el remitente misterioso que tan diestro y audaz, tan valiente[87] se había mostrado a la hora de verla, y tan humilde y dócil para renunciar a la hora de obedecerle. La embriagaba pensar en la osadía extraordinaria que le había hecho falta para probar esa maniobra por amor hacia ella. Varias veces[88] se había preguntado quién sería y ahora se imaginaba que era un militar. Siempre le habían gustado,[89] y antiguos ardores, llamas que su virtud se había negado a alimentar pero que habían abrasado sus sueños y deslizado extraños reflejos en sus ojos castos, volvían a encenderse. Antaño, a menudo había deseado ser amada por uno de esos soldados cuyo cinturón cuesta desabrochar, dragones[90] que por las noches, en los rincones de las calles, arrastran sus sables tras ellos[91] girando la cabeza, y cuando se los abraza demasiado sobre un canapé pueden pincharte las piernas con sus grandes espuelas, y que esconden todos, bajo una tela demasiado rústica para poder sentirlo palpitar fácilmente, un corazón despreocupado, aventurero y dulce.

---

86. Borrador: «del asunto. Pero por [ahora] rápido».

87. Variante: «que tantos peligros había desafiado».

88. Variante: «A menudo».

89. Véase, a continuación de este texto, un desarrollo de lo que aquí se insinúa, que forma una narración al margen de este relato.

90. Variante: «artilleros, cazadores».

91. «tras ellos»: añadido interlineal.

Pronto,[92] como un viento húmedo de lluvia deshoja, desprende, dispersa, pudre las flores más perfumadas, la tristeza de sentir que había perdido a su amiga ahogó bajo un chaparrón de lágrimas todos esos pensamientos voluptuosos.[93] El rostro de nuestras almas cambia con tanta frecuencia como el rostro del cielo. Nuestras pobres vidas[94] flotan[95] desamparadas entre las corrientes[96] de la voluptuosidad, donde no se atreven a quedarse, y el puerto de la virtud, que no tienen fuerzas para alcanzar.

Llegó un mensaje. Christiane había empeorado. Françoise partió, llegó a Cannes a la mañana[97] siguiente. El médico no permitió que Françoise la viera en la villa que Christiane había alquilado. Por el momento estaba demasiado débil.

—Señora —dijo por fin el médico—, no quisiera revelarle[98] nada de la vida de su amiga, de la que por otro lado lo ignoro todo. Pero creo que debo contarle un hecho que quizá le permita adivinar a usted, que la conoce mejor que yo, el secreto doloroso que parece abrumar sus últimas horas, y proporcionarle así sosiego,[99] quién sabe si remedio, quizá.[100] Pide una y otra vez una pequeña caja, ordena que salga todo el mundo y mantiene con ella largos diálogos que acaban siempre en una

---

92. Variante: «Pero pronto».
93. Variante: «malos».
94. Borrador: «vidas son a la vez voluptuosidad».
95. Borrador: «flotan de la voluptuosidad a la virtud».
96. Variante: «los relatos cautivantes».
97. Variante: «a la noche».
98. Variante: «traicionar».
99. Variante: «alivio».
100. Borrador: «quizá. Lo que pide es una especie de carta, hace salir a todo el mundo y se queda con ella».

suerte de crisis nerviosa. La caja está allí, y no me he atrevido a abrirla. Pero dado el estado de extrema debilidad de la enferma, que en cualquier momento puede volverse de una gravedad severa e inmediata, creo que quizá tenga usted el deber de ver qué hay dentro. Así podríamos saber si es morfina. No tiene pinchazos en el cuerpo, pero podría estar bebiéndola. No podemos negarnos a darle esa caja; es tal su emoción cuando se la niegan que se volvería rápidamente peligrosa y acaso fatal. Pero sería muy importante para nosotros saber qué es eso que le aporta constantemente.

Françoise[101] reflexionó un instante. Christiane no le había confiado ningún secreto del corazón, y, de haber tenido alguno, seguro que lo habría hecho. Sin duda se trataba de morfina o de algún veneno análogo; el interés que el médico tenía por saberlo[102] era apremiante, inmediato. Françoise abrió[103] con ligera emoción, primero no vio nada, desplegó luego un papel, permaneció un segundo aturdida, lanzó un grito y cayó. El médico se precipitó hacia ella, que solo se había desmayado. Leyó en el papel: «Váyase, se lo ordeno». Françoise volvió en sí enseguida, tuvo de pronto una contracción dolorosa y violenta, y luego, con una voz como[104] tranquilizada, le dijo al médico:

—Figúrese que en mi conmoción me pareció ver láudano. Estoy loca.[105] ¿Cree usted —preguntó Françoise— que Christiane pueda salvarse?

---

101. Borrador: «Chris».
102. «que [...] saberlo»: añadido interlineal.
103. Borrador: «abrió, miró».
104. «como»: añadido interlineal.
105. Borrador: «loca. —No había más que este papel dijo el médico».

—Sí y no —contestó el médico—. Si se pudiera interrumpir ese estado de languidez, como no tiene ningún órgano afectado, podría recuperarse por completo. Pero es imposible prever que algo pueda detenerlo. Es una desgracia que no podamos conocer la pena, probablemente de amor, que[106] la hace sufrir. Si estuviera en manos de una persona viva la posibilidad de consolarla y curarla, pienso que cumpliría,[107] por mucho que le costara, con ese deber de estricta caridad.

Françoise ordenó enviar un despacho de inmediato. Pedía a su guía espiritual que acudiera en el primer tren. Christiane pasó el día y la noche en una somnolencia casi completa.[108] Le habían ocultado la llegada de Françoise. A la mañana siguiente se encontraba tan mal, tan agitada que el médico, después de prepararla,[109] hizo entrar a Françoise. Françoise se acercó, le preguntó[110] por ella para no asustarla, se sentó junto a su cama y se puso a consolarla cariñosamente con palabras oportunas y tiernas.

—Estoy tan débil... —dijo Christiane—. Acerca tu frente, quiero besarte.

Françoise retrocedió instintivamente, pero Christiane por suerte no lo vio. Se controló enseguida, la besó con ternura y largamente[111] en las mejillas. Christiane pareció mejorar, animarse, y quiso comer. Pero se acercaron a decirle algo[112] a Fran-

---

106. Variante: «eso que».
107. Borrador: «no podría».
108. Variante: «Christiane estuvo bastante tranquila».
109. «después de prepararla»: añadido interlineal.
110. Variante: «le preguntó alegremente».
111. «y largamente»: añadido interlineal.
112. Variante: «vinieron a hablar».

çoise al oído. Su guía espiritual, el abad de Tresves,[113] acababa de llegar. Françoise, astuta, fue a conversar con él a una habitación contigua, de modo que no adivinara nada.

—Abad, si un hombre estuviera muriendo de amor por una mujer que pertenece a otra [*sic*], y a la que habría tenido la virtud de no tratar de seducir, si el amor de esa mujer fuera lo único que pudiera salvarlo de una muerte próxima y segura, ¿no sería excusable que ella se lo ofreciera? —dijo Françoise enseguida.

—¿Cómo es posible que no se haya contestado usted misma?[114] —dijo[115] el abad—. Sería aprovecharse de la debilidad de un enfermo para mancillar, arruinar, impedir, echar por tierra el sacrificio que hizo de su vida por la buena voluntad de su corazón y la pureza de aquella a la que amaba. Es una hermosa muerte, y actuar como usted dice sería cerrarle el reino de Dios a quien lo mereció por haber derrotado tan noblemente a su propia pasión. Para[116] la amiga demasiado piadosa significaría sobre todo la degradación de reencontrarse un día con aquel que, sin ella, habría venerado su honor más allá de la muerte y más allá del amor.

Acudieron a llamar a Françoise y al abad, Christiane se moría, pedía confesarse y la absolución. A la mañana siguiente, Christiane había muerto. Françoise nunca volvió a recibir cartas del Desconocido.

---

113. «el abad de Tresves»: añadido interlineal; otra lectura posible: «Treste».
114. Variante: «Cómo puede usted vacilar».
115. Variante: «contestó».
116. Borrador: «Para quien privara a Dios de semejante alegría».

[El momento en que Françoise sueña con el militar que podría ser el remitente misterioso funciona como embrión de otro relato que ocupa las cuatro páginas manuscritas, que reproducimos aquí. La heroína pasa a ser anónima, es viuda, al contrario que la del relato, y arde con una sensualidad contenida cuya descripción incluye una larguísima metáfora encadenada de orden militar —y eso mucho antes de la Gran Guerra, que inspirará al autor de En busca del tiempo perdido *el gran símbolo de la estrategia militar—. El papel de la cultura artística, especialmente de Botticelli, bosqueja aquí la atmósfera de «Un amor de Swann»; ya la correspondencia (¿wagneriana?) entre las artes mantiene en equilibrio la pintura, la música y la literatura (eso que un día serán Elstir, Vinteuil y Bergotte). De ahí en adelante, la heroína se hace a un lado ante el retrato complaciente de un hermoso militar al que aparentemente querría conquistar después, nueva Fedra ante un nuevo Hipólito («lo vio, lo amó»). La presentación de ese amor potencial de una joven y un oficial evoca el tema de Ana Karénina, y es sabido que la primera etapa de la creación de Proust, que incluye* Jean Santeuil, *tiene afinidades con la novela rusa. De manera tangencial, como se verá, en este germen de relato nuevo que se aparta de la narración inicial interviene una guerra con los iriates, nombre que designa a un pueblo de la región de Milán cerca de la ciudad de Iria, en Liguria, inubicable entre la Antigüedad y el ducado medieval. Ante esta indeterminación, un lector que nos sea contemporáneo piensa en las narraciones de Julien Gracq.]*

En efecto, antes de decidirse por la virtud,[117] a la edad de las incertidumbres, era muy aficionada a los militares. Le gustaban los artilleros, cuyos cinturones lleva mucho tiempo —¡ah, tanto tiempo!— desabrochar, los dragones que de noche[118] arrastran sus sables por la calle y giran la cabeza, y que sobre el canapé, cuando se los abraza demasiado, pueden pincharte las piernas con sus grandes espuelas; en definitiva, todos, lanceros, acorazados, cazadores que esconden, todos, bajo una tela demasiado rústica para sentirlo latir[119] con facilidad, un corazón despreocupado, audaz, puro y dulce. Pero[120] el pavor de que sus padres, al saberlo, se desesperaran, el deseo de conservar en el mundo la buena posición que ocupaba,[121] más que nada la nobleza indecisa de su carácter,[122] que le [sic] habría impedido tanto renunciar a una[123] aventura impuesta por azar como probar simplemente[124] la aventura que se le ofreciera, conservaron intacta su virginidad. Se había casado, había enviudado dos años después. Ahora los sentidos se tomaban la revancha[125] no directamente,[126] sino a traición, debilitando su pensamiento, corrompiendo su imaginación,[127] arrojando sobre sus ideas más desinteresadas una suavidad seductora y decepcionante, perfu-

---

117. Variante: «Antes de decidirse por la honestidad».
118. «de noche»: añadido interlineal.
119. «para [...] latir»: añadido interlineal.
120. Borrador: «Pero el temor de».
121. Variante: «que debía ocupar en él».
122. Variante: «la nobleza del carácter».
123. Variante: «salir de una».
124. «simplemente»: añadido interlineal.
125. Borrador: «revancha contra su ra[zón]».
126. Variante: «no en el campo de batalla de la conducta».
127. En el interlineado: «debilitando su pensamiento».

mando con aroma de amor las cosas más austeras, echando sobre ella llamas suficientes para hacer que resplandezcan espejismos de deseo en el desierto de su corazón, y[128] por[129] esa lenta degradación de su voluntad[130] infligían a su moralidad pérdidas más costosas que las que le habría ocasionado[131] una derrota en apariencia más seria, en el campo de batalla de la conducta. La extrema cultura artística, literaria y musical con ayuda de la cual había refinado[132] hasta la más dolorosa voluptuosidad, una rara distinción natural[133] de espíritu, había agrupado, armonizado, acrecentado todas sus tendencias durante el mucho tiempo libre que deja una viudez virtuosa. Esas eran todas sus fuerzas, todas sus energías, todo su valor. Lentamente, todo eso pasaba al campo enemigo. Fue entonces cuando, tras la breve guerra que tuvimos con los iriates, un capitán[134] de veinte años, Honoré,[135] fue en tres comandante, coronel, general en jefe.[136] Jamás[137] había consentido que lo fotografiaran, ¡pero las revistas y algunos retratos de sus suboficiales[138] habían popularizado su misteriosa belleza sin llegar a volverla banal! La sonrisa lánguida de sus

128. Borrador: «y exasperando».

129. Variante: «en».

130. Variante: «de su imaginación».

131. Borrador: «tomarse una revancha».

132. Borrador: «refinado hasta las voluptuosidades».

133. «natural»: añadido interlineal.

134. Variante: «teniente».

135. Al lado de Honoré, en el interlineado, se lee el apellido «Nowlains»; véase más abajo «el general de Notlains».

136. Borradores: «en jefe. Su inteligencia pasaba por ser Pasaba por ser un Napoleón en decadencia, de una inteligencia tan [sutil] delicada como la de los grandes capitales antaño vigorosa. La fotografía».

137. Borrador: «Había consentido».

138. En el interlineado: «todas las ceremonias públicas y militares».

labios rojos,[139] que se mordían con displicencia, como se mordisquea una flor, la perfección[140] absoluta de sus rasgos, la tristeza, los claros y las sombras, la suave autoridad de su mirada verdosa,[141] su cabello, corto en los lados pero abundante bajo el quepis, brillante y ligero como cabello de niño, la delgadez de su cintura en las caderas prominentes, la gracia[142] inimitable, abstracta y significativa como la de un Botticelli, de una [*espacio en blanco*] tan elegante[143] como la de un Brummell y tan embriagadora en términos sensuales como la de una cortesana, todo eso reunía en él[144] una perfección plástica tan voluptuosa y un poderío tan cautivador que antes de él parecían enemigas. El pensamiento suele delinear admirablemente los ojos, cava profundidades en la mirada, pero marchita la tez, encorva la estatura. El general de Notlains había escapado a esas leyes.[145] Ya antes de verlo quería amarlo, lo vio, lo amó, y a fuerza de pensar en él, le había dado su imaginación y, sin detallarla demasiado, para no disipar su prestigioso misterio, una perfecta [*interrumpido*].

139. «rojos»: añadido interlineal.
140. Variante: «pureza».
141. Borrador: «verdosa, su brillante cabellera de niño».
142. En el interlineado: «la elegancia».
143. Variante: «tan sabia».
144. Variante: «le dio [*sic*]».
145. Borrador: «leyes humanas. Ella lo».

Recuerdo de un capitán

[A diferencia de los demás relatos que publicamos aquí, este no es inédito. Bernard de Fallois dio a conocer una transcripción fiel en Le Figaro *del 22 de noviembre de 1952,[146] y Philip Kolb lo reprodujo, sin poder consultar el manuscrito, en los* Textes retrouvés *de Marcel Proust.[147] Como ciertas partes del texto presentan grandes tachaduras y reescrituras, esta versión ofrece pequeñas modificaciones.*

En este recuerdo (véase cuaderno iconográfico, fig. 2), la afinidad entre los dos hombres aparece sugerida, pero jamás nombrada. Demasiado cercano a la experiencia personal de Proust, acaso ligado a su servicio militar, que cumplió en Orleans del 15 de noviembre de 1889 al 14 de noviembre de 1890, el relato fue abandonado. El encuentro mudo del capitán y el brigadier constituye la parte más acabada de la narración, a diferencia de su larga introducción, hecha de añadidos mal articulados que se esfuerzan por componer un todo coherente.

146. P. 7.
147. Urbana, University of Illinois Press, 1968, pp. 84-86; reeditado en París, Gallimard, Cahiers Marcel Proust, nueva serie, n.º 3, 1971, pp. 253-255.

Como señala Bernard de Fallois, la alusión a «La tristeza de Olimpio» («quiso volver a verlo todo») aparecerá más tarde brillantemente desarrollada por el barón de Charlus en Sodoma y Gomorra: *«Qué hermoso el momento en que Carlos Herrera pregunta el nombre del castillo ante el cual pasa su calesa: es Rastignac, el hogar del joven al que amó en otra época. Y el abad cayó entonces en esa ensoñación que Swann llamaba, lo que suena muy espiritual, "la tristeza de Olimpio" de la pederastia». La expresión ya aparecía en el cuaderno 1 de 1908; se ve que la idea —sin la expresión— se remonta mucho más atrás. El capitán analiza su actitud ante el brigadier igual que el barón de Charlus cuando observa al héroe en Balbec, y queda fascinado por ese joven militar igual que Charlus cuando ve al violinista Morel de uniforme en la estación de Doncières. Para terminar, el modo en que se despide del brigadier el capitán a caballo prefigura, en negativo, el extraño saludo indiferente con que, en* La parte de Guermantes, *Saint-Loup se despide del héroe desde su tílburi, al término de una temporada en Doncières, no obstante agradable: «Y, alejándose a toda velocidad, sin una sonrisa, sin que se moviera un músculo de su fisonomía, se conformó con mantener durante dos minutos la mano alzada contra el borde de su quepis, tal como le habría respondido a un soldado desconocido».*

Pero la originalidad del relato consiste en poner en escena en primera persona a un ser que experimenta una emoción homosexual sin siquiera identificarla, al menos conscientemente, como lo demuestra el «¿por qué?» que aparece en su relato de los hechos, así como la angustia subsiguiente. Más tarde, un esbozo de Sodoma y Gomorra *explicitará la relación entre ese emerger inconsciente de la homosexualidad en el sujeto y lo que se convertirá en el tema general de* En busca del tiempo perdido *(la historia de una vocación): «Cuando somos jóvenes, no sabemos que somos homosexuales más de lo que sabemos que somos poetas».*

Menos acabadas en su redacción que en su narración, las reflexiones generales del capitán son dignas de atención porque revelan una meditación sobre la memoria y la recreación de la realidad por medio del pensamiento que busca constituirse con empeño. De ahí se derivan intuiciones interesantes acerca del futuro «tiempo perdido», asociado a aquello «que la pereza y algo así como un pequeño genio de inconsciencia y de "no pensamiento" nos hace perder». La especulación filosófica alimentada por los estudios de Proust subyace a estas elucubraciones, que oponen, como en Fichte, el «en mí» y el «fuera de mí» («¿Fuera de nosotros? En nosotros, mejor dicho», escribirá de buen grado el narrador de En busca del tiempo perdido*), y ya hacen sentir aquí las consecuencias que tendrán sobre la preparación del relato, que ensaya experimentalmente, alternándolas, las dos opciones narrativas opuestas para comparar las ventajas especulativas que puedan obtenerse de ellas: el capitán afirma de forma alternativa que «vuelve a ver muy bien» y «ya no ve claramente» la figura del brigadier. Todo el futuro de la novela especulativa de Proust descansa en estas vacilaciones preciosas.]*

Había regresado para pasar un día en la pequeña ciudad de L., donde fui teniente un año, y donde quise febrilmente volver a verlo todo, los lugares en los que el amor ya no me permitió pensar de nuevo sin sentir un gran estremecimiento de tristeza, y los lugares, tan humildes, sin embargo, como los muros del cuartel y nuestro jardincillo, que solo adornan las gracias diversas que la luz porta consigo según la hora, el humor del tiempo y la estación. En el pequeño mundo de mi imaginación, esos lugares siguen revestidos para siempre de una gran dulzura, de una gran belleza. Puedo pasar meses sin pensar en ellos y de golpe los veo, como a la vuelta de un camino ascendente divisamos un pueblo, una iglesia, un bosquecillo, a la luz cantarina de la tarde. Patio de cuartel, jardincillo donde mis amigos y yo cenábamos en verano, el recuerdo pintado sin duda con esa frescura deliciosa con que lo haría la luz encantadora de la mañana o de la tarde. Allí está cada pequeño detalle, muy iluminado, y me parece hermoso. Los veo como desde una colina. Es un pequeño mundo que se basta a sí mismo, que existe fuera de mí, que tiene su belleza suave, en esa luz clara tan inesperada. Y mi corazón, mi alegre corazón de entonces, triste ahora para mí y que sin embargo se alegra, pues hechiza por un momento al otro, al enfermo y estéril de hoy, mi alegre corazón de entonces está en ese jardincillo soleado, en el patio del cuartel lejano y sin embargo tan próximo, tan extrañamente próximo a mí, tan en mí, y sin embargo tan fuera de mí, tan para siempre inaccesible. Está en la pequeña ciudad de luz cantarina y oigo un claro ruido de campanas que colma las calles llenas de sol.

Había regresado, pues, para pasar un día en aquella pequeña ciudad de L... Y sentí la pena, no tan intensa como la temía, de hallarla menos de lo que en ese instante la hallaba en mi corazón, donde ya la hallaba demasiado poco en cualquier parte, lo que era verdaderamente triste y, por momentos, desesperante... Son tantas las ocasiones fecundas de desesperar que la pereza y algo así como un pequeño genio de inconsciencia y de «no pensamiento» nos hace perder... Los hombres y las cosas de allí abajo, pues, me habían devuelto grandes melancolías. Y también grandes alegrías que a duras penas podría explicar y solo dos o tres amigos pueden compartir, a tal punto vivieron por completo mi vida en aquel tiempo. Pero esto es lo que quiero contar. Antes de ir a cenar, con la idea de tomar el tren inmediatamente después, había ido a dar la orden de que me devolvieran unos libros olvidados a mi antiguo ordenanza [sic], que había cambiado de cuerpo y había sido asignado al otro regimiento de la ciudad, acuartelado en la otra punta de la ciudad. Lo encontré en la calle, a aquella hora casi desierta, ante la pequeña puerta del cuartel de su nuevo regimiento, y conversamos diez minutos en la calle muy iluminada por la noche, teniendo por único testigo al brigadier de guardia que leía un diario sentado en un mojón contra la pequeña puerta. Ya no veo ahora con mucha claridad su figura, pero era muy alto, algo delgado, con un dejo deliciosamente delicado y suave en los ojos y en la boca. Ejerció sobre mí una seducción absolutamente misteriosa, y me puse a prestar atención a mis palabras y mis gestos, tratando de gustarle y de decir cosas un poco admirables, ya fuera por su delicadeza, ya por su gran bondad o por su dignidad. Se me ha olvidado decir que yo no llevaba uniforme, y que había detenido el faetón en el que viajaba para charlar con mi ordenanza. Pero no es posible que el brigadier de guardia no reconociera el faetón del conde de C., uno de mis antiguos compañeros de promoción, con rango de teniente, que lo había puesto a mi disposición para todo el día. Dado que mi antiguo ordenanza, además, remataba todas las respuestas con un «mi capitán», el brigadier estaba perfectamente al tanto de mi rango. Pero no es usual que un soldado rinda honores a los oficiales de civil, salvo que pertenezcan a su regimiento.

Noté que el brigadier me escuchaba, y que había alzado hacia nosotros unos exquisitos ojos serenos, que bajó hacia su diario cuando lo miré. Apasionadamente deseoso (¿por qué?) de que me mirara, me puse el monóculo y fingí mirar en todas las direcciones, evitando mirar en la suya. Se hacía tarde, había que irse. Ya no podía prolongar la conversación con mi ordenanza. Le dije adiós con una camaradería que atemperé enseguida de orgullo debido al brigadier y, mirando un segundo al brigadier, que, de nuevo reflexivo en su mojón, mantenía alzados hacia nosotros sus exquisitos ojos serenos, [lo] saludé con el sombrero y la cabeza sonriéndole un poco. De repente, él se puso de pie y mantuvo sin ya dejarla caer, como se hace durante un segundo en el saludo militar, su mano derecha abierta contra la visera del quepis mientras me miraba fijamente, como indica el reglamento, con extraordinaria turbación. Entonces, al tiempo que instaba a mi caballo a partir, lo saludé con decisión y fue como decirle a un amigo ya antiguo cosas infinitamente afectuosas con mi mirada y mi sonrisa. Y, olvidado de la realidad, por ese encantamiento misterioso de las miradas que son como almas y nos transportan a su reino místico, donde quedan abolidas todas las imposibilidades, permanecí con la cabeza descubierta, arrastrado ya un buen trecho por el caballo, la cabeza vuelta hacia él hasta que dejé de ver[lo] por completo. Él seguía saludándome, y eran en verdad dos miradas de amistad, como fuera del tiempo y del espacio, de amistad ya segura y descansada, las que se habían cruzado.

Cené tristemente, y estuve dos días realmente angustiado, con esa figura que en mis sueños se me aparecía de golpe y me sacudía con estremecimientos. Naturalmente, jamás he vuelto a verlo y no volveré a verlo jamás. Ahora, por lo demás, como veis, ya no recuerdo muy bien su figura, que solo se me aparece como algo muy dulce en ese lugar cálido y rubio de la luz crepuscular, un poco triste, sin embargo, en razón de su misterio y su inconclusión.

Jacques Lefelde
(El extranjero)

[Otro relato de enigma, que, en este caso, quedará sin resolver, a falta de un desenlace. ¿Por qué Jacques Lefelde vuelve todos los días al mismo lugar? ¿Por qué un buen día su tristeza se transforma en alegría? El manuscrito se interrumpe antes de haber revelado la respuesta.

Estas ensoñaciones en torno al lago del Bois de Boulogne parecen anunciar la última secuencia de Por la parte de Swann: «*A finales del último agosto, cuando cruzaba el Bois de Boulogne*», leemos aquí. *Pero la experiencia rousseauniana en el fondo de la barca no develará su misterio. El nombre Jacques Lefelde fue elegido porque no existe un escritor real registrado con él.*

Los enigmáticos paseos del joven escritor Jacques Lefelde por el Bois de Bologne evocan escenas similares descritas por los amigos de Proust, en especial por Reynaldo Hahn, que relataba su larga pausa solitaria frente a un rosal de Bengala.[148]

Pero este enamorado inconsolable a quien encontramos siempre en el mismo rincón del jardín trae a la memoria más precisamente

---

148. «Promenade», en *Hommage à Marcel Proust*, NRF, n.º 112, 1 de enero de 1923, pp. 39-40.

el relato de Stendhal del capítulo XXIX de Del amor, *donde se presenta a un tal conde Delfante, que parece ser, en realidad, un doble del mismo Stendhal, evocándolo de este modo (en Lombardía): «En una arboleda de laureles del jardín Zampieri que domina el camino por el que yo iba, y que conduce a la cascada del Reno, en Casa-Lecchio, vi al conde Delfante; se hallaba en una profunda ensoñación, y aunque habíamos estado juntos hasta las dos de la mañana, apenas me devolvió el saludo. Fui hasta la cascada, crucé el Reno; por fin, al menos tres horas después, cuando pasaba de nuevo bajo la arboleda del jardín Zampieri, volví a verlo; estaba exactamente en la misma posición, apoyado contra un gran pino que se eleva por encima de la arboleda de laureles»;[149] Delfante se hallaba absorto en la idea de que su amor no era compartido. Es lo que Proust, en una carta a Daniel Halévy de 1907, llama «esos pequeños relatos demostrativos que Stendhal pone en* Del amor».

Jacques Lefelde tendrá una reaparición anónima en En busca del tiempo perdido. *Ocurre en Combray, en el paseo del lado de Guermantes, a orillas del Vivona: «Cuántas veces vi, deseé imitar, cuando fuera libre de vivir a mi antojo, a un remero que, habiendo soltado el remo, se había acostado de espaldas, cabeza abajo, en el fondo de su barca, y dejándola flotar a la deriva, sin poder ver otra cosa que el cielo que huía lentamente por encima de él, llevaba en el rostro el anticipo de la felicidad y de la paz».]*

---

149. *De l'amour,* texto fijado y presentado por Henri Martineau, París, Armand Colin, 1959, pp. 111-112.

No había vuelto a ver a Jacques Lefelde desde que dejé el Pont des Arts, donde él vive todavía [*sic*], para mudarme a Passy. A finales del último agosto, cuando cruzaba el Bois de Boulogne para volver a casa, a eso de las nueve de la noche, vi a Jacques Lefelde dirigiéndose hacia el Gran Lago; él me vio, y desvió de inmediato la cabeza y apretó el paso. Me di cuenta enseguida. Usted, que ha leído sus «ensayos», conoce el espíritu profundo, la imaginación única de Jacques Lefelde. Pero si no conoce la dulzura afectuosa de su carácter, no comprenderá cómo es que descarté enseguida la idea de que pudiera estar enojado conmigo y supuse simplemente que se dirigía a una cita. Los días siguientes fueron hermosos, seguí volviendo a casa a pie. Todos los días me encontré con Jacques Lefelde, todos los días me evitó. A la vuelta del paseo de la Reina Margarita volví a verlo caminando lentamente de aquí para allá, miraba a todas partes como si esperara a alguien, a veces alzaba la cabeza hacia el cielo como un enamorado. Al cuarto día almorcé en Foyat con un amigo de Jacques, que me contó que desde su ruptura con la bailarina Gygi, ruptura tras la cual había intentado matarse, Jacques había renunciado a las mujeres para siempre. Comprenderá usted que me riera. No volví a verlo en los días siguientes. Una de las mañanas que siguieron leí en *Le Gaulois*: «Nuestro joven y célebre escritor Jacques Lefelde parte mañana hacia Bretaña, donde permanecerá varios meses». Ese día me lo encontré cerca de la estación Saint-Lazare. Se suponía que no lo vería antes de octubre, así que lo detuve.

—Discúlpeme —dijo—, pero me voy esta noche a las nueve, y antes de volver para la cena quiero ir al Bois de Boulogne y debo apresurarme para tomar el tren de circunvalación...

No me sorprendió, pero le dije:

—Llegará más rápido en un coche de punto.

—¡Ay! —dijo—, no llevo más que veinte perras chicas encima.

Yo no quería ser indiscreto, pero le dije:

—Yo podría llevarlo en coche, lo dejaré donde usted quiera.

—Muy bien, acepto —dijo con aire contento e incómodo—. Pero déjeme a la entrada del lago, ¿de acuerdo? Necesito estar solo.

Se bajó a la entrada del lago y yo me alejé en el coche; pero no pude resistirme al deseo de ver, desde el camino paralelo, a la mujer de la que mi amigo iba a despedirse. El tiempo pasaba y no la veía llegar; Jacques se paseaba por la orilla, la cabeza inclinada sobre el agua, alzando a veces los [ojos] hacia un monte alto y luego posándolos en el agua. A veces caminaba deprisa, a veces aminoraba el paso; al cabo de media hora lo vi volver, pero no decepcionado, como un amante que ha esperado en vano, sino con la cabeza erguida, el paso rápido, el aire glorioso. Yo no entendía nada; soñé con el asunto, y luego dejé de pensar en él. El año pasado, mi amigo L., nombrado ministro en XXX, vino a pasar un mes a París en la mansión que está en la esquina del jardín del Luxemburgo; fui a visitarlo todos los días, y una tarde, cuando me despedía de él, me encontré con Jacques Lefelde, a quien no había vuelto a ver y que parecía molesto por haberse encontrado conmigo. Se despidió rápidamente. Volví a casa disgustado. Me lo encontré de nuevo a la mañana siguiente, a la misma hora. Quiso evitarme, lo detuve. La lluvia, que había estado amenazando largo rato, empezó a caer con bastante fuerza; entramos en el museo del Luxemburgo para guarecernos.

—No había vuelto a verlo —le dije— desde el día en que tuve el placer de ir con usted al Bois —le dije [*sic*]—. Sin querer ser indiscreto, ¿puedo preguntarle qué fue a hacer allí?

Jacques es muy tímido. Se ruborizó ligeramente.

—Le pareceré estúpido —dijo sonriendo con dulzura—, pero le diré que la segunda vez que cené en la cabaña de L'Île estaba muy triste, y el lago del Bois, que nunca me había llamado la atención, me pareció tan hermoso que al día siguiente no pude resistir al deseo de volver a verlo. Estuve quince días realmente enamorado. No sabía qué camino tomar para no cruzarme con gente conocida, pues cuando no estaba a solas con él, el lago no me decía nada. Y el día que usted me llevó era el día que me iba. No quería marcharme sin volver a verlo. Además, antes de dejar París, quería hacer balance del año transcurrido. A la hora de darme fuerzas para revisarlo, comprenderlo, evaluarlo, nada podía igualar la exaltación melancólica de que disfrutaba a orillas de esas hermosas aguas de las que estaba prendado y donde el cielo, esa noche, descansaba tan triste entre los cisnes y las barcas que pasaban como mi espíritu despegadas de la tierra entre el césped y las flores del borde, aún más intensas en ese momento que sigue a la puesta del sol, violentamente reales. Como el joven barquero que, dejando que otro reme, yacía tumbado en el fondo de la barca, mi espíritu se concedía a la vez el placer de la velocidad y se deslizaba ágil por superficies tan suaves y gloriosas como la de esas aguas encantadas, ya refrescadas por la noche y todavía barnizadas por la luz. El aire era tan suave que planeaba sobre el agua. Y el espíritu es un poco como el aire, ¿verdad? Por inmenso que sea, llena cualquier espacio que se abra ante él. Y el espíritu que sufre al verse oprimido por un interlocutor, un interés o una muralla demasiado estrechos se extiende alegremente, regiamente, libremente, en perspectivas infinitas, y remonta sin esfuerzo, con una velocidad embriagadora y melancólica, el curso de las aguas y los años.

—¿Puedo llevarlo otra vez? —le dije; yo [*interrumpido*].

En el infierno

[Este texto descartado se presenta como un diálogo de muertos o de oradores (entre Sansón, Quélus-Caylus y un contemporáneo, Ernest Renan, fallecido en octubre de 1892) sobre la homosexualidad: un ejercicio escolar, que respeta y parodia todas las formas, sobre un tema prohibido en los ejercicios escolares, al lado del cual la disertación con motivo de la graduación de Gisèle en A la sombra de las muchachas en flor, *en el que Sófocles escribe a Racine desde el infierno para consolarlo del fracaso de* Atalía, *parecerá bastante anodina. En la oratoria facunda de los maestros se ve también un anticipo de la controversia entre Charlus y Brichot (aquí Quélus y Renan) sobre el mismo tema de* La prisionera. *Los versos de Vigny, que mucho después encabezarán* Sodoma y Gomorra, *realizan aquí una cautivadora primera aparición. Así como la poesía, calificada de «locura divina» por este Renan ficticio, se cruza con la* felix culpa *con la que la teología católica asocia el pecado original que permitió la redención. El título del texto, «En el infierno», superpone la situación antigua que justifica ese diálogo de muertos con el castigo que amenaza a los réprobos como Caylus.*

Varios relatos, publicados o inéditos, intentan que la confesión de homosexualidad tenga lugar durante una agonía que leva el ancla de la culpa a la luz de un final de vida; aquí se da un paso más, gracias a una representación pagana del más allá en la que se puede reflexionar con distancia, según la perspectiva de Sirio, pues ya no queda experiencia humana alguna por vivir, sobre situaciones que rozan el límite de lo intolerable en el tiempo de una vida.

El contexto de la juventud de Proust aparece de varias maneras. Quélus, cuyo nombre invita a pensar en el conde de Caylus, preferido de Enrique III —el personaje aparece, también escrito como Quélus, según una tradición que se remonta hasta Pierre de L'Estoile, con motivo del duelo de los preferidos con Bussy en La dama de Monsoreau, *de Alexandre Dumas padre,*[150] *novela que Proust conoce en 1893 (en* Correspondance *se deplora la obra de teatro extraída de la novela) y relee en 1896—, y más aún la concepción desarrollada por Sansón se emparentan con la teoría que el estudiante desarrollaba en otra época ante sus compañeros del Liceo Condorcet (aquí Daniel Halévy), que lo encuentran un tanto imperioso: «Tengo amigos muy inteligentes, y de una gran delicadeza moral, me jacto de ello, que alguna vez se divirtieron con un amigo..., fue al principio de la juventud. Más tarde volvieron a las mujeres. [...] Te hablaré con gusto de dos Maestros de sutil sabiduría que en su vida solo recogieron flores, Sócrates y Montaigne. Ambos permitían que los muy jóvenes "se divirtieran" para conocer un poco todos los placeres, y para dar rienda suelta a su exceso de ternura. Pensaban que cuando se es joven, y se tiene sin embargo un sentido fuerte de la belleza y de los "sentidos", esas amistades a*

150. Véase *Les Grands Romans d'Alexandre Dumas: La Reine Margot, La Dame de Monsoreau*, París, Robert Laffont, col. Bouquins, 1992, pp. 1235-1236 y 1257.

la vez sensuales e intelectuales eran preferibles a las relaciones con mujeres tontas y corruptas».

El círculo familiar también proyecta su sombra sobre estas páginas. La albuminuria, el ejemplo médico elegido por Quélus, es una enfermedad recurrente en la línea materna de su ascendencia. Y las consideraciones de los médicos sobre la locura de los poetas se plantean poco antes de que Adrien Proust publique, en 1897, L'Hygiène du neurasthénique; *en* La parte de Guermantes, *el discurso del doctor Du Boulbon sobre la relación entre enfermedad y genio corregirá ese primer punto de vista.*

Pero esos poetas locos ofrecen quizá la ventaja, como se señala, de «desplazar nuestro punto de vista sobre las cosas». Por primera vez, antes, por tanto, que el ejemplo de Giraudoux, aparece bajo la pluma de Proust lo que en La parte de Guermantes *será el «nuevo escritor». La mujer moderna, que veremos evocada aquí, se convertirá en la mujer pintada por Renoir con la que nos encontramos en la calle, o la parisina del tipo de Albertine, en cuyos hombros posó Fortuny un abrigo extraído de un cuadro de Carpaccio en Venecia.*

Así, el escritor en ciernes sedimenta en este diálogo oratorio y humorístico todo un fondo que solo pide contextos novelescos para desarrollarse en todas las direcciones.]

Quélus pasa. Sansón detiene a dos sombras que pasan y señala a Quélus. ¿Me harían el honor de presentarme? Una de las dos sombras: ¿A quién hay que presentar? La otra: A Quélus, por su título. Sansón: No, a mí, porque soy el más viejo. La primera sombra: Llama a Quélus. El conde de Quélus. El señor Sansón. Quélus: Señor, he oído hablar mucho de usted en mi vida terrenal. Sansón: El orden de las épocas se oponía a la reciprocidad. De otro modo, no hay duda de que habría pasado mi cautiverio juntando documentos inéditos sobre usted. Me interesa usted infinitamente, señor. Por lo demás, se lo había predicho, ¿no es cierto?: La mujer tendrá a Gomorra y el hombre tendrá a Sodoma, Y, lanzándose desde lejos una mirada irritada, Los dos sexos morirán cada uno por su lado. Quélus hace una leve señal de asentimiento, con una elegante reverencia de hombre de mundo. Sansón: Ah, señor, cuánta razón tiene, y si todos y yo mismo hubiéramos recurrido a ella como usted, no hay duda de que Dalila se habría mostrado más tolerante. Pero, por lo demás, no es coquetería, homenaje indirecto a la gracia femenina, por lo que apruebo esos juegos de varones. Es de hombres haber rechazado lejos de nosotros a ese ser menos humano que animal, sucedáneo raro de la gata, extraño intermedio entre la víbora y la rosa, la mujer, perdición de todos nuestros pensamientos, veneno de todas nuestras amistades, de todas nuestras admiraciones, de todos nuestros sacrificios, de todos nuestros cultos; gracias a usted y a sus semejantes, el amor ha dejado de ser una enfermedad que nos pone en cuarentena lejos de todos nuestros amigos, nos impide discutir de filosofía con ellos. Al contrario, los apruebo como un florecimiento más rico de la amistad, la coronación alegre de nuestras tiernas fidelidades y sus confidencias viriles. Es, como la dialéctica y el *cestus* de los griegos, un pasatiempo que debe ser estimulado y que fortalece, lejos de distenderlos, los lazos que unen a los hombres y sus hermanos. Pero mi corazón experimenta una alegría aún más profunda ahora que por fin lo contemplo, señor. Qué confidente he encontrado para mis rencores contra la mujer. Podremos unir nuestros rencores, maldecirla juntos. Maldecirla, acción tan deliciosa quizá, ay, porque maldecirla es un poco evocarla, es volver a vivir un poco con ella. —Quisiera, señor, estar de acuerdo con usted, pero no puedo. Jamás me ha turbado una mujer, y no comprendo ni el oscuro apego que en su cólera lo liga sin embargo a ella a través de hilos dolorosos y trémulos que se tocan ni la indignación motivada que ella le inspira. Incapaz de discutir con usted sobre los sortilegios de la mujer, me siento aún más incapaz de compartir con usted detestarla. Guardo algún rencor contra los hombres, pero siempre he apreciado infinitamente a las mujeres. He escrito sobre ellas páginas consideradas delicadas, y que al menos fueron sinceras y vividas. Conté entre ellas con amigas fidedignas. Su gracia, su debilidad, su belleza, su espíritu a menudo me embriagaron con una alegría que, si nada debía a los sentidos, no por ello fue menos intensa y sí más duradera y más pura. Acudía a ellas en busca de consuelo por las traiciones de mis amantes, y vaya si es dulce llorar largamente y sin deseo contra un seno perfecto. Las mujeres fueron para mí, a la vez, vírgenes y nodrizas. Yo las adoraba, y ellas me acunaban. Cuanto menos les pedía yo, más me daban ellas. A varias las cortejé con una sagacidad que los embates del deseo jamás venían a perturbar. Ellas, a cambio, me daban un té exquisito, una conversación florida, una amistad desinteresada y llena de gracia. Qué podría reprochar yo a las que por un juego cruel y un poco ingenuo quisieron, ofreciéndose a mí, hacerme confesar que no sentía el menor agrado por ellas. Pero a falta de un orgullo bien legítimo, la coquetería más elemental, el miedo a comprometer sus encantos ante un admirador tan verdadero, un poco de bondad y de generosidad de espíritu desaconsejaron esa actitud a las mejores de ellas.

Pasa el señor Renan. Cállese, literato. ¿Cómo creer, en efecto, que en vuestros discursos el artificio orgulloso del teórico no predomina sobre el resumen aproximativo de vuestro [pensamiento]? A lo sumo ustedes se han escondido de amar a las mujeres, como esos comensales que desdeñan los frutos más hermosos que les ofrecen. Han comido antes de llegar al banquete. Y sin embargo, es indiscutible que han amado a las mujeres. Créame, querido amigo, que no hay en estas palabras la menor reprobación, al menos filosófica, por mi parte, y no vea en mis reproches la condena inapelable de una moral demasiado absoluta. ¿Cómo, sin merecer que nos acusen de estrechez de espíritu, podríamos negarnos torpemente a comprender unos juegos de los que Sócrates hablaba con una sonrisa? Ese Maestro, que amó la Justicia al extremo de morir por ella, y, por así decirlo, al mismo tiempo para traerla al mundo, toleraba sin malhumor esas prácticas hoy anticuadas entre sus más íntimos amigos. Y si el alejamiento en el espacio imita bastante bien al alejamiento en el tiempo, no sonará absurdo decir que aún hoy Oriente, tan interesante, por otro lado, en tantos otros aspectos, sigue siendo el hogar mal apagado de esas llamas extrañas. Por lo demás, el amor, como pensaban los antiguos, es indiscutiblemente una enfermedad. ¿Cómo por tanto equiparar esas costumbres a un vicio? Sin duda, la albuminuria no adquiriría ninguno de los rasgos de la inmoralidad si en algunos resultara en una producción de sal en vez de azúcar en la orina. No obstante estas razones, jamás se me ocurriría absolverlo, mi querido amigo. Ha sido usted dos veces torpe. Crimen inexpiable si, como me inclino a creer, la vida es más bien un juego de destreza. No es bueno, desde ningún punto de vista, disfrutar acariciando la propia época a contrapelo. Un hombre que, dotado [de] la conformación más habitual de nuestro paladar, adquiriera la costumbre de obtener el deleite más exquisito devorando excrementos sería difícilmente aceptado, al menos en la buena sociedad. Ciertas repulsiones físicas son más fuertes que todo y conllevan la calificación de infamia. Nuestro desagrado y nuestra consideración no pueden aplicarse a las mismas personas, inevitablemente. Y sin embargo, ¿quién se atrevería a decir que el desagrado no es eminentemente relativo? ¿Por qué se apartaría usted de los perfumes más exquisitos que le ofrecieran y se inclinaría sobre la boca de una alcantarilla, convencido de que lo que respira es un parterre de flores? Postura decididamente ni más ni menos que fundada en lo absoluto que la del aficionado a los jardines y los perfumes, pero postura extraña, que solo descansa en una disposición física de los nervios de la nariz y que, no lo dude, llamará mucho la atención. Pero usted ha cometido una torpeza más grave, pues implica un error en un círculo más amplio, en un grado más sutil del conocimiento. El amor, como he dicho, es una enfermedad. Pero también lo es la exaltación cerebral o locura. No hay duda, sin embargo, de que el día que la poesía hizo su aparición en la tierra incrementó singularmente el nivel de la locura. Casi todos los poetas están locos. Y sin embargo, quién se atrevería a hablar mal de ellos. Están enfermos, dicen los médicos, sujetos evidentemente sobrevalorados entre los cuales cuento sin embargo con amigos [*sic*] infinitamente distinguidos y queridos. Por otra parte, al enviarnos a la muerte, ¿no contribuyen notablemente a ampliar el círculo de nuestros conocidos y a desplazar (sufijo fuerte) el punto de vista de nuestras cavilaciones? Los médicos, pues, dicen de los poetas, razonablemente, que están enfermos, locos. Sea. Pero dichosa enfermedad, locura divina, como dicen los místicos. La aparición de la mujer, y sobre todo de la mujer moderna, sobre la tierra ha ennoblecido considerablemente la carrera utilitaria, pero bastante desprovista de horizontes, que el amor parecía destinado a hacer sobre la tierra en los primeros tiempos. La mujer rica, sinónimo de consuelo y de entusiasmo, hizo en verdad del amor una enfermedad sublime que no puede usted sino rebajar eliminando ese factor de primer orden, querido Quélus. La diferencia de los sexos es aquí de suma importancia. ¿A qué atribuir, si no a ella, esa restauración que nos llega de nuestro amor por un ser tan distinto de nosotros, restauración tan análoga a los días apaciguadores del trabajador de la ciudad que pasa unas vacaciones en el campo? Por último, así como ese romanticismo, haciéndole desempeñar un papel aún más importante en la poesía edificante, acreditó definitivamente la alienación mental entre las personas de gusto, me parece que desde el siglo XVIII su error se ha convertido en una herejía, dado que la mujer se ha perfeccionado divinamente y enriquecido con todas las delicadezas que los espíritus más refinados reverencian. Hoy es un objeto de arte y de lujo que ya no puede temer la competencia. Es cierto que usted pretende disfrutar de los placeres delicados con ella y satisfacer sus sentidos en otra parte. Qué manera inútil y torpe de complicarse la existencia. Cuánto se enriquecería y refinaría el placer de sus sentidos con todos los que solo la mujer puede dar a su imaginación... Por otro lado, ¿es posible la separación de la que habla usted? ¿Qué fuerza puede impedirnos abrazar a la que tanto admiramos? Y al verbo abrazar quisiera añadir otros que acaso desentonen con el discurso de un filósofo, que, por lo demás, ya se ha extendido lo suficiente.

Después de la Octava Sinfonía de Beethoven

[Este texto de dos páginas se funda en el juego del acertijo: creemos estar leyendo un monólogo amoroso hasta que las últimas palabras reordenan la significación del conjunto. Proust ya parece haber entrado en contacto con la teoría de Schopenhauer que alimentará con tanta eficacia las descripciones musicales de las obras de Vinteuil, según la cual el oyente de un fragmento, enfrentado por la música de manera excepcional con la voz de la Voluntad, aplica a esa voz las Representaciones que le proporciona su fantasía y de ese modo asocia instintivamente la melodía a ciertas imágenes, sin que nada justifique dicha asociación. En estas líneas se trasluce muy discretamente un sustrato filosófico: la esencia inasible en sus manifestaciones, la forma que escapa a su materia (Aristóteles), el infinito que se reduce a lo finito (Schelling). Pero la alusión a la frase de Cristo «Mi reino no es de este mundo» envuelve estas consideraciones en una aureola mística finisecular que aparece en los epígrafes dispersos a lo largo de la compilación de Los placeres y los días.

En la huella del verbo reprimir, *el psicoanálisis interpretaría, relacionándolas con el asma de Proust, las imágenes del aire que respiramos y colma el espacio o tropieza con límites y paredes, en un contexto de deseo que se negocia o no se comunica. Otra alusión evangélica, en este caso a la promesa hecha por el ángel a los hombres de buena voluntad, reaparecerá un día en* Albertine desaparecida, *en el momento en que el héroe de* En busca del tiempo perdido, *llegado a Venecia, ve el ángel del Campanile y piensa con melancolía en esa promesa para él todavía incumplida. Entretanto, la melodía revoloteante de la sonata de Vinteuil habrá encarnado ante Swann esa esencia inasible del amor, y más allá de la vida. Ante esa belleza transitoria, el joven oyente de hoy medita sobre el fenómeno del encanto;* bastante tiempo después, el barón de Charlus querría bautizar al violinista Morel con el nombre Charmel. La «fantasía», que reconstruye aquí el reino de la música, es el antepasado lejano de la «edad de las creencias» que algún día será la primera etapa de la evolución del héroe de* En busca del tiempo perdido.*]*

---

* En francés, *charme*. *(N. del T.)*

A veces entendemos que la belleza de una mujer, la amabilidad o la singularidad de un hombre, la generosidad de una circunstancia nos prometen la Gracia. Pero pronto nuestro espíritu siente que el ser que hizo esas promesas deliciosas nunca estuvo en condiciones de cumplirlas, y lucha con impaciencia contra la pared que lo rechaza, igual que el aire que, como el espíritu aspira siempre a colmar espacios más vastos, se precipita apenas le abren un campo más amplio y se comprime otra vez. Una noche fui víctima de sus ojos, de sus andares, de su voz. Pero ahora sé exactamente hasta dónde llega esto, cuán próximo está el límite y en qué momento ya no dice usted nada y deja que los ojos brillen un poco más en lo vago, por un instante como una luz que no podemos mantener mucho tiempo con esa intensidad de brillo. Y sé también, querido poeta, hasta dónde llega su bondad para conmigo y de dónde viene, y también la ley de su originalidad que, una vez descubierta, permite prever sus sorpresas regulares y agotar su aparente infinitud. Toda la gracia que usted puede dar está ahí, incapaz de acrecentarse con mi deseo, de variar según mi fantasía, de unirse a mi ser, de obedecer a mi corazón, de guiar a mi espíritu. Puedo tocarla y no puedo moverla.

Es un límite. Apenas lo había alcanzado y ya lo había cruzado. Hay, sin embargo, un reino de este mundo en el que Dios quiso que la Gracia pudiera cumplir las promesas que nos hacía, condescendiera en jugar con nuestro sueño y lo elevara hasta dirigirlo, tomando prestada su forma y dándole su alegría cambiante y no inapresable, sino más bien creciente y variada por la posesión misma, reino en el que una mirada de nuestro deseo nos devuelve enseguida una sonrisa de la belleza, que se transforma en nuestro corazón en ternura y que ella nos devuelve como infinitud, una infinitud en la que disfrutamos sin movernos del vértigo de la velocidad, sin cansarnos del agotamiento de la lucha, sin peligro de la embriaguez de deslizarnos, de saltar, de volar, en la que la fuerza es con cada minuto proporcional al querer, y al deseo la voluptuosidad, en la que todas las cosas acuden en todo momento para servir a nuestra fantasía y la colman sin hartarla, en la que tan pronto como [se] percibe un encanto, mil encantos se unen a él, distintos pero que conspiran, que capturan en nuestra alma [*sic*], en una red con cada minuto más estrecha, más vasta y más dulce: es el reino de la música.

[Dos páginas manuscritas independientes podrían conectarse con esta parábola. La doctrina de Schopenhauer sobre la música aparece aquí desviada hacia una compensación de la incomunicabilidad entre las almas.]

A veces una mujer o un hombre nos dejan entrever, como una ventana oscura que se iluminara vagamente, la gracia, el coraje, la devoción, la esperanza, la tristeza. Pero la vida humana es demasiado compleja, demasiado seria, demasiado llena de sí misma y como demasiado cargada; el cuerpo humano, con sus expresiones múltiples y la historia universal que lleva escrita en él, nos hace pensar en demasiadas cosas para que exista alguna vez una mujer que sea para nosotros. La gracia sin accesorios, el coraje sin freno, la devoción sin reservas, la esperanza sin límites, la tristeza sin mezcla. Para apreciar la contemplación de esas realidades invisibles que son el sueño de nuestra vida, y para que frente a mujeres y hombres no solo tengamos el escalofrío de su presentimiento, harían falta puras almas, espíritus invisibles, genios que tengan la rapidez de vuelo sin la materialidad de las alas y que nos ofrezcan el espectáculo de sus suspiros, de su impulso o de su gracia sin encarnarlo en un cuerpo. Pues si nuestro cuerpo también pudiera gozar de él, sería preciso que el juego de sus espíritus se encarne, pero en un cuerpo sutil, sin extensión y sin color, a la vez muy lejano y muy próximo a nosotros, que nos dé en lo más profundo de nosotros mismos la sensación de su frescura sin que haya temperatura, de su color sin que sea visible, de su presencia sin que ocupe lugar. Sería preciso también que, sustraído a todas las condiciones de la vida, fuera rápido como el segundo y preciso como él, que nada demore su impulso, impida su gracia, agobie su suspiro, sofoque su queja. Conocemos el juego de esas puras esencias en ese cuerpo exacto, delicioso y sutil. Es el alma vestida de sonido, o más bien la migración del alma a través de los sonidos, es la música.

La conciencia de amarla

[*Texto lleno de tachaduras, escrito en dos hojas. El cuento es el espejo invertido de «El cuervo», de Edgar Allan Poe, que Proust conocía bien, en el que un joven que sufre de soledad ve entrar en su cuarto un cuervo que responde a sus quejas con un sistemático «nevermore» —«nunca más»—, empujándolo a la desesperación. Aquí el sufrimiento amoroso se exterioriza en un animal sedoso cuya compañía, invisible para los demás, consuela al enamorado rechazado.*

Pero el narrador toma la distancia suficiente para sugerir que para él la vida transcurrió igual de solitaria: el consuelo queda así mitigado y es conmovedor. Eso es lo que conecta este texto breve con los relatos de «últimos días de vida» presentes en la compilación. Lo mismo sucede con ese personaje de novela mundana (Proust leerá más tarde, en 1909, Ginette Chatenay, *de Georges de Lauris, modelo del género), al que despierta su criado y se monta en una calesa, como más tarde hará Swann.*

Una ambigüedad intensa recorre estas líneas: entre el rechazo expreso o supuesto de la amada, la identidad alegórica de la ardilla-gato (los «usted/tú» se alternan con los «él»), el consuelo o la compañía en la desesperación que el compañero secreto proporcio-

na al solitario. *Proust vacila entre el análisis y la palabra, que se sustituyen y encabalgan en las frases reescritas, mientras la palabra directa permite entrar* in medias res *en el problema psicológico, algo que el dialoguista de* En busca del tiempo perdido *sabrá recordar.*

El criado que despierta al sujeto en su soledad es un presagio aquí del lacayo que despierta a Swann al salir de su sueño, al final de «Un amor de Swann», y a Françoise anunciando al héroe que «la señorita Albertine se ha ido» en la transición entre La prisionera *y* Albertine desaparecida.

El autor de Los placeres y los días *proyecta un tormento amoroso aquí inconfesable en la fábula de un animal misterioso, como en otra ocasión en un universo musical. Ya desde el título, «La conciencia de amarla», este texto anticipa la función de las «tomas de conciencia» en la evolución del héroe de* En busca del tiempo perdido *y su circulación en el mundo, dominado por una preocupación interior que los demás desconocen.]*

«Nunca, nunca», me repetía esas palabras que ella me había dicho y que, por el silencio espantoso de la espera que las había precedido y la desesperación que las había sucedido, me habían permitido oír por primera vez mi corazón, que con idéntica obstinación pronunciaba estas palabras: «Siempre, siempre». Y ahora, cuando uno hería al otro de muerte, esos dos estribillos se alternaban desesperadamente y yo los oía muy cerca y muy profundamente, como esos golpes que palpitan sin descanso en el fondo [sic] de las heridas profundas. De modo que cuando mi criado entró para decirme que el coche me esperaba y que era hora de cenar, retrocedió espantado al ver la pechera de mi camisa empapada de lágrimas. Lo despaché, volví a vestirme y me preparé para salir. Pero pronto me di cuenta de que no estaba solo en la habitación. Una especie de gato-ardilla cubierto de un pelaje blanco, con un algo de somormujo, grandes ojos azules y un alto penacho blanco de pájaro en la cabeza, parecía esperarme semioculto por la cortina de mi cama. ¡Dios!, exclamé, ¿me dejarás morir en este mundo desierto, puesto que su ausencia crea en él para siempre el vacío más absoluto, en esta soledad desesperada? ¿No quieres perdonarme como perdonaste al hombre en los primeros días de la tierra? Que ella me ame, o que deje yo de amarla. Pero lo primero no se puede y lo segundo no lo deseo yo. Haz que brille alguna claridad en mis lágrimas, como en los primeros días. El reloj dio las ocho. Temiendo llegar tarde, salí rápidamente. Subí a mi calesa. Con un salto ágil y silencioso, el animal blanco vino a acurrucarse entre mis piernas con la tranquila fidelidad de alguien que ya no me abandonaría. Miré largamente sus ojos, donde parecía cautivo el azul profundo y claro de los cielos sin fin, estrellado con una cruz de oro. Contemplarlos me provocaba unas ganas de llorar irresistibles, infinitamente agridulces. Entré sin preocuparme más por usted, hermosa ardilla-gato blanca, pero una vez en casa de mis amigos, apenas me senté a la mesa, al sentirme tan lejos de ella y entre personas que no la conocían, me oprimió una angustia atroz. Pero enseguida sentí contra mi rodilla una caricia poderosa y dulce. Con un rápido movimiento de su cola forrada de blanco, el animal se instaló cómodamente a mis pies, bajo la mesa, y me ofreció su lomo sedoso como si fuera un taburete. En un momento perdí un zapato y mi pie descansó sobre su piel. Al bajar un instante los ojos, tropecé de pronto con su mirada brillante y serena. Ya no estaba triste, ya no estaba solo, y mi felicidad era más profunda porque era secreta. «¿Cómo es posible —me dijo una dama después de cenar—, cómo es posible que no tenga un animal que le haga compañía? Está usted tan solo...» Eché un vistazo furtivo hacia el sillón, debajo del cual permanecía escondida la ardilla-gato blanca, y balbuceé: «En efecto, en efecto». Me callé, sentía que las lágrimas se me agolpaban en los ojos. Por la noche, mientras soñaba, pasear mis dedos por su pelaje poblaba mi soledad de compañeras agraciadas y tristes, igual que si hubiera tocado alguna melodía de Fauré. A la mañana siguiente me dediqué a todas mis banales ocupaciones, recorrí las calles indiferentes, vi a mis amigos y a mis enemigos con un deleite raro, triste. La indiferencia y el tedio que teñían todas las cosas que me rodeaban se habían disipado desde que se había posado sobre ella [*sic*], con una elegancia de pájaro-rey y una tristeza de profeta, la ardilla-gato blanca que me seguía a todas partes. Usted, animal querido, gentil, silencioso, que me acompañó en esta vida embelleciéndola misteriosa y melancólicamente.

El don de las hadas

[Este cuento de hadas medio invertido narra lo que dicen las hadas buenas junto a la cuna de aquel cuyo destino es sufrir por exceso de sensibilidad. Resuena en él el discurso interior del joven Marcel Proust, hipersensible y encadenado a la enfermedad: el hada exterioriza el pacto resignado que él ha hecho con esa clase de vida. El don, el genio interior del sujeto, no deja de evocar al daimon, *el demonio interior que posee a Sócrates en la* Apología de Sócrates, *de* Platón, *sobre la que Proust había tomado notas en sus papeles escolares.*

Algo de esta situación quedará en el último episodio de El tiempo recobrado, *el «Baile de las cabezas», en el que el narrador de* En busca del tiempo perdido *insiste en el carácter feérico de esa última recepción mundana, tan parecida a un baile de disfraces. Se observará aquí que el apólogo reemplaza poco a poco al cuento. Esa dialéctica de lo feérico y lo realista, de hecho, moldea toda la compilación de* Los placeres y los días.

Se trata de dos textos dispares, en distinto estado de desarrollo. El primero anticipa el ensayo sobre Chardin y Rembrandt, pero aún no reviste la forma del apólogo: «Tomemos a un joven de fortuna modesta», etcétera. Allí aparecen desarrollados los dones re-

partidos por las hadas buenas. El tema es el teatro de esas «ilumi-
naciones» que anticipan las del héroe de En busca del tiempo
perdido, *dispersas en el tiempo perdido, hasta las revelaciones fi-*
nales que un borrador de El tiempo recobrado *llamará «ilumina-*
ciones al estilo de Parsifal».

Y en contrapartida, las hadas derraman sobre el genio futuro
toda una vida de sufrimiento ante la que el joven, agobiado, bien
podría repetir la expresión de Baudelaire: «Tengo más recuerdos
que si tuviera mil años».

Un amigo circunstancial de Proust, René Peter, que lo frecuen-
ta bastante más tarde, en 1906, da fe de que «a Marcel le gustaba
mucho usar la expresión "viejo" para hablar de sí mismo, y se enve-
jecía de una manera exagerada y casi ridícula»,[151] *y que ese hom-*
bre de treinta y cinco años impresionaba por «esa diferencia de
edad ficticia»[152] *que establecía con los demás. Aquí pueden leerse el*
origen y las razones afectivas del asunto.

La renuncia al placer de salir se opone en este cuento a la con-
templación de ese árbol, de aquella rama, de la que Reynaldo
Hahn ha dejado un testimonio célebre a propósito de Proust (véase
supra, *p. 87) y que, en el campo de la ficción, vuelve aún más*
dolorosa la exclamación del héroe de El tiempo recobrado: *«Árbo-*
les, ya no tenéis nada que decirme», si es que estos fueron los inter-
locutores forzados de aquel que no pudo vivir con plenitud.

Sobre todo veremos esbozada con extraña nitidez la situación
del héroe de En busca del tiempo perdido, *que espera ansioso*
encontrarse con Gilberte en los Campos Elíseos. En este caso se en-

---

151. *Une saison avec Marcel Proust, souvenirs,* París, Gallimard, 2005, p. 31.
152. *Ibid.,* p. 32.

contrará con un niño, lo que explica sus modales un poco ásperos, de los cuales algo permanecerá en Gilberte. Gracias a un juego de precauciones, el narrador logra que el hada se dirija a una niña, deslizamiento que lo habilita para esperar vivamente el encuentro con un compañero.

El segundo fragmento, en el mismo tono de los textos descartados de la antología, es uno de los documentos que proporcionan con mayor intensidad la etimología biográfica de los episodios novelescos posteriores.]

A nuestra cuna traen las hadas los regalos que endulzarán nuestra vida. Algunos aprendemos a usarlos bastante deprisa y por nuestra cuenta, parece que nadie necesita enseñarnos a sufrir. No sucede lo mismo con otros. Un don encantador yace a menudo en el fondo de nosotros, que ni siquiera lo conocemos. Y es preciso que un buen genio ilumine la parte del alma donde se oculta, nos lo muestre, nos enseñe su virtud. A menudo, tras esa brusca iluminación, dejamos que el precioso regalo caiga en el olvido inútil hasta que un nuevo buen genio venga a recogerlo y lo ponga en nuestras manos. Esos genios buenos son los que generalmente llamamos hombres de genio. Cuánto más oscura y lúgubre sería la vida de todos aquellos que no somos hombres de genio si no hubiera pintores, músicos y poetas que nos llevan a descubrir el mundo exterior y el mundo interior. Ese es el servicio que nos prestan esos buenos genios, nos revelan a nosotros mismos fuerzas ignoradas de nuestra alma, fuerzas que nos hacen crecer si las usamos. Haré hoy, de esos benefactores, la alabanza de los pintores, que vuelven más bellos el mundo y la vida. Conozco a una dama que cuando salía del Louvre caminaba con los ojos cerrados para no ver, después de las figuras perfectas de Rafael, después de los bosques de Corot, la fealdad de los transeúntes y las calles de París. Los genios no podían darle nada que superara el presente de las hadas, y por cierto que el de las hadas era un presente poco apacible. Yo, por mi parte, cuando salgo del Louvre, nunca salgo de mi embeleso, pues sigo o más bien no hago más que comenzar tras haberme iniciado, gracias al sol y a la sombra sobre la piedra, a la humedad lustrosa en los flancos de los caballos, a una franja de cielo gris o azul entre las casas, al aflorar mismo de la vida en las pupilas brillantes o herrumbradas de la gente que pasa. Hoy en el Louvre me detuve sobre todo frente a tres pintores que no se parecen y que me prestaron, los tres, un servicio maravilloso y diferente. Me refiero a Chardin, Van Dyck y Rembrandt.

Un hada se inclinó sobre su cuna y le dijo con tristeza:

Mi criatura:
Mis hermanas te han dado la belleza, el coraje, la dulzura. Y sin embargo, sufrirás, porque a los dones de ellas debo, ¡ay!, sumar los míos. Yo soy el hada de las delicadezas incomprendidas. Todo el mundo te hará daño, te lastimará, aquellos a quienes no ames, más aún aquellos a quienes ames. Como a menudo te harán sufrir los reproches más ligeros, un poco de indiferencia o de ironía, juzgarás que son armas inhumanas, demasiado crueles para que te atrevas a utilizarlas aun contra los malvados. Pues a tu pesar les ofrecerás tu alma y tu capacidad de sufrir. Y así estarás indefenso. Prófugo de la aspereza de los hombres, buscarás primero la compañía de las mujeres, que

tanta dulzura ocultan en su cabellera, en su sonrisa, en la forma y el perfume de su cuerpo. Pero las más ingeniosamente amistosas te apenarán sin saberlo, te lastimarán entre caricias y te arañarán pulsando cuerdas dolorosas que no conocen. No será mejor comprendida tu ternura, que por un exceso de delicadeza y de intensidad despertará la carcajada o el rechazo. Como los demás no tendrán en su interior ese modelo de sufrimiento, ni de la ternura que te inspirarán sin comprenderlos, siempre serás menospreciado. Nunca nadie sabrá consolarte ni amarte. Sin embargo, gastado antes de haber servido, tu cuerpo no resistirá las repercusiones de los impulsos y las cosas de tu corazón. Tendrás fiebre a menudo. No dormirás, temblarás sin cesar. Así, tus placeres estarán maltrechos desde el principio. Solo experimentarlos te hará daño. A la edad en que los niños salen a reír y a jugar, tú siempre llorarás cuando en los días de lluvia no te lleven a los Campos Elíseos a jugar con una niña a la que amarás y que te pegará, y en los días de sol, cuando os veáis, te entristecerá encontrarla menos hermosa que en las horas de la mañana, cuando, solo en tu habitación, esperabas el momento de verla. A la edad en que los niños corren febriles tras las mujeres, tú reflexionarás sin descanso, y ya habrás vivido mucho más que la gente muy vieja. Así, cuando hablando con tus padres los oigas decirte: Algún día dejarás de pensar así, cuando hayas vivido más; cuando tengas nuestra experiencia, tú sonreirás con modestia, pero solo por deferencia. He aquí los dones tristes que te traigo, que no tuve la libertad de no traerte, que no puedes rechazar lejos de ti, ¡ay!, quebrándolos, y que serán los emblemas sombríos de tu vida hasta tu muerte.

Entonces se hizo oír una voz débil y fuerte, ligera como un soplo y como los limbos de los que provenía, pero que dominaba todas las voces de la tierra y de los aires con la certeza dulce de su acento: Yo soy la voz de la que todavía no existe, pero nacerá de tus tristezas incomprendidas, de tus ternuras menospreciadas, del sufrimiento de tu cuerpo. Y como no puedo liberarte de tu destino, lo invadiré con mi olor divino. Escúchame, consuélate, pues te digo: Yo te mostraré la hermosura de la tristeza de tu amor desdeñado, de tus heridas abiertas, tan dulce que jamás podrás despegar de ella tu mirada anegada en lágrimas pero encantada. La dureza, la estupidez, la indiferencia de los hombres y las mujeres se tornará para ti en divertimento, pues es profunda y variada. Y será como si en medio del bosque humano yo te hubiese quitado una venda de los ojos y tú te detuvieras con una alegre curiosidad ante cada tronco, ante cada rama. Sin duda la enfermedad te privará de placeres. No podrás cazar, ir al teatro, cenar fuera, pero te permitirá dedicarte a otras ocupaciones que los hombres normalmente soslayan, y que a la hora de abandonar la vida acaso considres las únicas ocupaciones esenciales. Por otro lado, sobre todo si yo la fecundo, la enfermedad tiene virtudes que la salud desconoce. Los enfermos a los que yo ayudo suelen ver cosas que escapan a los que están sanos. Y si la buena salud tiene su belleza, que la gente sana no advierte, la enfermedad tiene su gracia, de la que tú disfrutarás profundamente. [*Una frase compuesta de expresiones tachadas.*] Luego la resignación podrá florecer en tu corazón, que las lágrimas empaparon como los campos tras las lluvias de abril, cuando se cubren enseguida de violetas. En cuanto a tu ternura, no esperes poder compartirla jamás con nadie. Es una sustancia demasiado rara. Pero por eso mismo aprende a venerarla. Es triste y sin embargo dulce dar sin poder esperar devolución. Y para terminar, aunque los demás no sean tiernos contigo, tú tendrás a menudo la oportunidad de serlo con los demás y derramarás generosamente, con el orgullo de una caridad imposible para cualquier otro, ese perfume desconocido y exquisito a los pies cansados de los que sufren.

[Este era el texto, lo comprendemos ahora, que Proust recordaba cuando en el artículo «John Ruskin (deuxième article)», entregado a la Gazette des Beaux-Arts *del 1 de agosto de 1900, escribía: «[Ruskin] habrá sido uno de esos "genios" de los que necesitamos incluso quienes recibimos al nacer los dones de las hadas para iniciarnos en el conocimiento y el amor de una nueva parte de la Belleza».]*

«Así había amado...»

[Nueva parábola sobre la relación entre sufrimiento y felicidad que recurre al Dios creador, una forma de reforzar la cuestión moral depurándola de sus aplicaciones sociales. Cuando el héroe de A la sombra de las muchachas en flor *entre en el estudio del pintor Elstir, el narrador señalará «que si Dios Padre había creado las cosas nombrándolas, era quitándoles el nombre, o dándoles otro, como Elstir las recreaba». La parábola de las aves migratorias anuncia la comparación que el escritor establecerá más tarde entre el desarrollo de una vocación artística y la orientación de una paloma mensajera.]*

Así había amado y sufrido él por toda la tierra, y tan a menudo mudaba Dios su corazón que le costaba recordar por quién había sufrido y dónde había amado. Ahora bien, de esos momentos cuya espera había fascinado a uno de sus años, que siempre parecían imprecisos y hubiera querido poseer más allá de la muerte, al año siguiente ya no hallaba en su memoria más rastros que los que encuentran los niños, cuando llega la siguiente marea, de los castillos que con tanta pasión defendieron. El tiempo, como el mar, se lo lleva todo, lo abole todo, aun nuestras pasiones, no con sus olas, sino con la tranquila, la insensible y segura crecida de su oleaje, como si fuera un juego de niños. Y cuando los celos le hicieron sufrir demasiado, fue Dios mismo quien lo separó de aquella por la que habría querido sufrir toda la vida si por culpa de ella no podía ser feliz. Pero Dios no quería lo mismo que él, porque había depositado en él el don del canto y no quería que el dolor lo aniquilara. De modo que puso criaturas deseables a su paso y hasta le recomendó la infidelidad. Pues Dios no permite que las golondrinas, los albatros y demás pequeños cantores mueran de sufrimiento y de frío en la tierra que habitan. Pero cuando el frío está a punto de sorprenderlos, les pone en el corazón el deseo de emigrar para que no falten a su ley, que no es tanto ser fieles al suelo como cantar.

A las fuentes de *En busca del tiempo perdido*

Por Luc Fraisse

El fondo constituido por Bernard de Fallois, legado a la Biblioteca Nacional de Francia, contiene documentos y manuscritos que pueden contribuir al avance de nuestro conocimiento de Proust y de su obra en numerosos aspectos. A diferencia de los relatos inéditos precedentes, dejamos ahora la época de *Los placeres y los días* para trasladarnos a los años en que se elabora *En busca del tiempo perdido*. Nos esperan varios reajustes de lo que sabemos hasta ahora, algunos de ellos sorprendentes.

Proust conocía al sociólogo Gabriel Tarde

Fue principalmente Anne Henry quien reveló en 1981[153] que el universo novelesco de *En busca del tiempo perdido* estaba influenciado por la teoría del sociólogo Gabriel Tarde (1843-1904), que, en especial en dos trabajos, *Las leyes de la imitación* y *La logique sociale*,[154] desarrolla la idea según la cual los grupos

153. Anne Henry, *Marcel Proust, théories pour une esthétique*, París, Klincksieck, 1981, pp. 344-365.

154. París, Félix Alcan, 1890 y 1895.

sociales se constituyen al imitar la mayoría a algunos inventores, en cuyo cerebro aislado nacen las concepciones nuevas que un ejército de copistas adoptan, formando las capas de la sociedad. Una sociedad constantemente moldeada por un «duelo lógico» entre una concepción preponderante, victoriosa y pronto caduca, y una concepción nueva, contestataria, minoritaria, que pronto triunfará. A partir de *Por la parte de Swann*, el pequeño clan de los Verdurin muestra al «pequeño núcleo» de los asiduos imitando a «la patrona», que da el tono, y a partir de «Un amor de Swann», pero sobre todo en la continuación del ciclo novelesco, a la duquesa de Guermantes, que da a su vez el tono en el *faubourg* Saint-Germain, puede permitirse lo que el sociólogo llama una «contraimitación», que consiste en hacer una excepción a las leyes de sociabilidad que uno mismo inspiró.

Sin duda todo el personal novelesco de *En busca del tiempo perdido*, y hasta la filosofía estética del narrador, llevan la marca de esa teoría, con variaciones infinitas.[155] Y sin embargo, faltaban lastimosamente los indicios que probaran que el joven novelista había estado en contacto con la teoría de la imitación que el sociólogo enseñaba en el Collège de France y de la que se hacía eco la École libre des Sciences politiques, donde Proust estudiaba mientras preparaba su licenciatura en Derecho en la Facultad de París, entre 1891 y 1893, justo antes de preparar la licenciatura en Letras, con la asignatura optativa de filosofía, en la Sorbona, entre 1893 y 1895.

155. Véase Luc Fraisse, *L'éclecticisme philosophique de Marcel Proust*, París, PUPS, Lettres françaises, 2013, cap. XVII, «Gabriel Tarde ou la philosophie faite roman», pp. 959-1038.

Hoy, dos nuevos documentos se unen para actualizarnos la información.

Por un lado, una relación exhaustiva de la biblioteca y los archivos de Gabriel Tarde revela que el sociólogo poseía tres libros de Adrien Proust dedicados por su autor.[156] El primero es *L'orientation nouvelle de la politique sanitaire: conférences sanitaires internationales (Venise, Dresde, Paris), règlement de police sanitaire maritime de 1896.*[157] Se dedica «al señor Tarde, miembro del Instituto, este homenaje respetuoso». El segundo es *La Défense de l'Europe contre la peste et la conférence de Venise de 1897,*[158] dedicado en los mismos términos. El tercero es el *Traité d'hygiène,*[159] dedicado «al señor Tarde, miembro del Instituto, este homenaje muy respetuoso».[160] El sociólogo, pues, formaba parte del círculo de Adrien Proust, al parecer como un conocido lejano del mundo del Instituto. Pero ¿y su hijo escritor?

Una página autógrafa aporta la prueba definitiva de que Proust conocía a la persona y los escritos del sociólogo. Para comprenderla, la página, que transcribimos aquí, debe ser contextualizada.

---

156. Véase *Le laboratoire de Gabriel Tarde. Des manuscrits et une bibliothèque pour les sciences sociales,* publicado bajo la dirección de Louise Salmon, París, CNRS Éditions, 2014, «Inventaire du fonds de la bibliothèque», fijado por Jack Garçon, p. 395.

157. París, Masson, 1896.

158. París, Masson, 1897.

159. Publicado en colaboración con Henri Bourges y Arnold Netter, París, Masson, 1902.

160. El contenido de estas dedicatorias nos fue amablemente proporcionado por Jack Garçon, a quien estamos muy agradecidos.

En 1896, Gabriel Tarde va a la École libre des Sciences politiques a dictar un curso titulado «Los elementos de la sociología política». La lección inaugural tiene lugar el 7 de enero ante unos cincuenta asistentes.[161] Charles Benoist (1861-1936), periodista y político, evocará la lección inaugural con estas palabras: «Me acuerdo de la lección de apertura que dio Gabriel Tarde en ese curso cuyo tema había elegido con absoluta independencia; [...] mientras lo escuchaba, yo miraba aquellos rostros vueltos hacia el estrado que, poco a poco, y cada vez más, parecían maravillados. Surgían de él una abundancia, una riqueza, una profusión de imágenes y de expresiones... Era una erupción, o más bien una efervescencia de observaciones ingeniosas, sutiles, audaces, pues el espíritu de Tarde funcionaba a altas temperaturas».[162]

La página que transcribimos revela que Marcel Proust era uno de esos cincuenta rostros vueltos hacia el estrado. El tono del texto induce a pensar que el estudiante planeaba hacer una crónica. Esto es lo que sabía del sociólogo y de sus escritos.

Durante mucho tiempo el público solo supo una cosa del señor Tarde; a saber: que no lo conocía; su estancamiento indefinido como juez de instrucción en Sarlat hizo más para atraer la atención sobre este gran pensador que la promoción más veloz, y fue

---

161. Según la reseña de la *Revue Internationale de Sociologie*, año 4, n.º 1, enero de 1896, p. 86.

162. Gabriel Tarde, *Discours prononcés le 12 septembre 1909 à Sarlat à l'inauguration de son monument*, Sarlat, Imprenta Michelet, 1909, pp. 87-88. Para una visión general de la situación, véase Louise Salmon, «Gabriel Tarde et la société parisienne à la fin du XIXᵉ siècle: rapides moments de vie sociale (1894-1897)», *Revue d'Histoire des Sciences Humaines*, 2005-2, n.º 13, pp. 127-140.

su oscuridad, si puede decirse así, lo que dio origen a su renombre. Instalado ahora en París, donde ocupa un puesto importante en la administración, el señor Tarde iniciaba ayer en la École des Sciences Politiques su curso sobre los Elementos de la Sociología. Más intuitivo que lógico, lo que no significa menos pensador que poeta, hablándole al pensamiento con el pensamiento, sin duda, pero también con la imaginación, reforzando la persuasión de los argumentos con la autoridad de imágenes bellas y grandes hasta dejar entrar a veces en el sólido tejido del razonamiento los hilos misteriosos de la analogía, los brillantes bordados de la metáfora, el señor Tarde dio una lección que solo él, filósofo poeta, igual que el señor Darlu, podía dar, y en la que, para hacer sentir mejor la grandeza de la poesía, en todo momento, proyecta hasta los reinos de las plantas y las estrellas las leyes que rigen las sociedades. El autor admirable de las *Leyes de la imitación*, como un Emerson, como un Carlyle, abre un gran espacio en la sociología a los individuos, sobre todo a esos individuos más ampliamente asimilables por parte de la sociedad que llamamos los grandes hombres. «El gran hombre llega a su tiempo, o a un tiempo que solo le pertenece a él. En cuanto al tiempo de su país, él lo retrasará o lo adelantará a su antojo.» El señor Tarde retrasará el nuestro cuanto quiera. Cuando a las tres horas y cuarto de clase se disculpó por haber entretenido tanto a su auditorio, largas exclamaciones demostraron que, sin duda según las leyes de la imitación, todos estábamos ya moldeados por su manera discursiva de hablar, y que solo le pedíamos una cosa: «la repetición frecuente —por citar sus palabras— de su individualidad original».

Un teórico de la voluntad

En un pedazo de papel, Proust anotó un título y un autor: «*La volonté de la métamorphose*, de Joseph Baruzzi [*sic*]».

Se trata de Joseph Baruzi, cuyo libro *La volonté de la métamorphose* apareció en 1909 y luego en 1911 editado por Bernard Grasset.

¿Qué pudo haber aportado esa lectura al Proust novelista?

El libro, como es evidente, remite principalmente a la Voluntad de Schopenhauer.[163] Pero el autor cita a Nietzsche,[164] *Materia y memoria* de Bergson[165] y, por alusión, a Kant: «No hay sensaciones posibles, solo fenómenos circunscritos en el espacio y determinados en el tiempo».[166] Una descripción indirecta de la monadología de Leibniz[167] lleva a esta observación, situada en el núcleo de la estética proustiana: «Todo sucede como si nuestro esfuerzo más íntimo fuera a constituir una imagen del mundo que no haya podido dibujarse en ningún otro ser»,[168] en la que se anticipa cierta máxima de *El tiempo recobrado*: «Lo que no hemos tenido que descifrar, que esclarecer con nuestro esfuerzo personal, lo que ya estaba claro antes de nosotros, no nos pertenece. Solo procede de nosotros mismos aquello que arrancamos de la oscuridad que hay en nosotros y que los demás no conocen».

163. *La volonté de la métamorphose, op. cit.*, pp. 108-111: se trata de la teoría del amor según Schopenhauer (resumido, aunque no aparece nombrado).
164. *Ibid.*, pp. 127-129.
165. *Ibid.*, pp. 132-133.
166. *Ibid.*, p. 140.
167. *Ibid.*, pp. 136-137.
168. *Ibid.*, p. 157.

Ese libro pudo haber esclarecido a Proust su relación problemática con Schopenhauer. Problemática por el hecho de que su convicción inquebrantable de que la creación artística es el resultado de un esfuerzo estrictamente individual (en el texto arriba citado hemos visto que Carlyle y Emerson le interesan porque ponen en práctica esa convicción) no puede conciliarse con el concepto schopenhaueriano de Voluntad, según el cual una fuerza vital global se individualiza en cada espíritu. Si en «Un amor de Swann» se conjugan las metafísicas del amor y de la música, la ruptura parece consumarse con la escucha del septeto en *La prisionera*, «como si, a pesar de las conclusiones que parecen desprenderse de la ciencia, lo individual existiera». Lo que hace Joseph Baruzi, sin embargo, es justamente tratar de conciliar la Voluntad schopenhaueriana con la individualidad: «Si en efecto hay una fuerza última, de intensidad variable según los seres, que vela en lo más secreto de nosotros (llena de astucias imprevisibles y de audacias obstinadas, y que vacila aquí y allá), ¿cómo podría someterse en todas partes a un destino idéntico? Desde ahora, no hay instante en que no se exprese por medio de la invención viva del cuerpo y del espíritu; pero nunca se entrega por completo a la actitud o al pensamiento que la traducen furtivamente. Sin tregua, no obstante, el gesto múltiple en el que se despliega la amplifica o la limita. Y así, para cada hombre, términos hasta ahora desconocidos y que nunca se renovarán formulan de manera permanentemente cambiante un problema que se planteará por esta única vez».[169] Proust desarrollará la metáfora del caleidoscopio para dar cuen-

---

169. *Ibid.*, pp. 122-123.

ta de ese proceso. A partir de entonces, concluye el ensayista, «vemos que lo que importa ante todo de cada ser es aquello que tiene de irreductible».[170] Y eso es lo que le importa también a Proust.

Este tratado de filosofía ofrece al futuro novelista un instrumento para concebir sus personajes que más tarde explicitará el narrador de *La prisionera*: «Yo, que durante tantos años solo había buscado la vida y el pensamiento reales de las personas en el enunciado directo que ellos me proporcionaban voluntariamente, por culpa de ellos no había llegado, al contrario, más que a considerar importantes los testimonios que no son una expresión racional y analítica de la verdad; las palabras mismas solo me procuraban información si las interpretaba igual que un aflujo de sangre a la cara de una persona turbada o, también, que un silencio súbito». El filósofo, por su parte, señalaba: «Solo comprendemos plenamente tal impresión o tal opinión de un desconocido cuando descubrimos la relación que guardan con tal actitud conocida de ese ser, tal inflexión de su voz o tal emoción en sus ojos. Solo entonces el estado de conciencia, del que las palabras a menudo no expresan más que lo banal, es captado en lo que encierra de único y de irreductible. Lo situamos en un drama magnífico o mezquino, que no se parece a ningún otro y del que constituye un momento. Drama muy a menudo insospechado del personaje mismo cuya aventura representa. Muestra cómo a través de una serie de torpezas o de logros se las ingenia para precisarse la oscura aspiración incluida en un hombre».[171]

170. *Ibid.*, p. 157.
171. *Ibid.*, pp. 112-113.

El camino del narrador proustiano será descifrar a los seres más allá de su apariencia.

Si para Proust el tiempo perdido y el tiempo recobrado nunca habían sido planteados por nadie y solo *En busca del tiempo perdido* daba a esos dos conceptos una dimensión teórica, novelesca e imaginativa específica, en el tratado de Joseph Baruzi vemos cómo se dibujan los caminos que llevan a esos dos polos opuestos.

El estancamiento del héroe en la era del tiempo perdido se esboza de distintas maneras: «Todo lo posible que llevamos con nosotros y que gime sordamente por no realizarse»,[172] «Lo que caracteriza sobre todo a cada uno son sus "pensamientos inútiles"»,[173] o también: «Nuestra potencia psíquica depende de lo inacabado que llevamos en nosotros».[174]

Pero hay que tener cuidado con «ese sentido confuso e intermitente» que «acaso coincida con la misteriosa voluntad de creación».[175] La noción de «intermitencia» será apremiante en Proust; lo era ya en el curso dictado por Alphonse Darlu en el Lycée Condorcet. Así, la dispersión en el tiempo perdido no es más que la anticipación de una unificación en el tiempo recobrado, lo que, en ese momento previo a *En busca del tiempo perdido*, se expresaría así: «Sentimos que hay una amistad secreta entre fragmentos hostiles de nuestra conciencia, y que nuestros acontecimientos troceados constituyen una historia única».[176]

172. *Ibid.*, p. 21.
173. *Ibid.*, p. 27.
174. *Ibid.*, p. 29.
175. *Ibid.*, p. 75.
176. *Ibid.*, p. 13.

Es la memoria —cierta forma de memoria— la que restituye el tiempo recobrado. Joseph Baruzi deriva de Schopenhauer dos formas de memoria: «Para volverse nuestra representación, [el mundo] tuvo que ser primero, en alguna medida, nuestra voluntad. Si somos conscientes de nuestra persistencia y sentimos la presencia del universo, es porque en nosotros el pasado no solo se conserva, sino que además por debajo de la memoria fragmentada y precisa se despliega una magnificencia confusa, una mezcla de recuerdos sin fecha, una memoria inmemorial».[177] Se esboza entonces la definición preproustiana de una «memoria involuntaria»: «¿Quién de nosotros, si se repliega sobre su pasado, no encuentra aquí y allí, entre los vestigios mutilados, alguna huella intacta, algún acontecimiento que yergue su imperiosa estatura por encima de la monotonía de los días? Imágenes indelebles cuyos detalles más pequeños reaparecen. Pero al mismo tiempo que definen su relieve y acusan sus ángulos, estas hacen que a su alrededor se conmuevan, y se arremolinen, y vuelen hacia nosotros una fantasía danzante y todo un enjambre caprichoso. Propagan hasta nuestras horas desmochadas el estrépito de nuestra antigua risa y el aleteo de los deseos que ignoramos. Solo supimos realizar una parte ínfima de lo posible que encerrábamos en nosotros. Y ellas nos acercan el suspiro de todos los nosotros mismos que sacrificamos».[178]

Esta especie de memoria involuntaria prefigura la de Proust por la fuerza atractiva que le permite incorporar, a partir de la resurrección de un recuerdo preciso, cuanto rodeaba ese recuer-

177. *Ibid.*, p. 8.
178. *Ibid.*, pp. 10-11.

do. Pero el recuerdo resucitado por la magdalena todavía está lejos de estas reflexiones fluctuantes. Si el único testimonio del conocimiento de esta obra de filosofía está escrito por la mano de Proust en esa esquina de su manuscrito, la influencia de su lectura no es determinante.

En cambio, como *La volonté de métamorphose* apareció en 1909 y 1911, cabe señalar que Proust siguió atento a las producciones de la filosofía bastante después de que se licenciara en la Sorbona (1895). Sería falso pretender que el novelista extirpó definitivamente al filósofo que había en él. Por magnífica que sea, la puesta en escena del recuerdo involuntario del episodio de la magdalena se elaboró en una cercanía muy informada de lo que se escribió sobre esas cuestiones en la época contemporánea de *En busca del tiempo perdido*.

Antes de «Durante mucho tiempo me acosté temprano»

Ya disponemos de muchos borradores del principio de *Por la parte de Swann*. Varios pedazos de papeles sueltos anticipaban también ese comienzo.

Este es el primero: «Durante largos años, cada noche, cuando iba a acostarme, leía unas páginas de un tratado de arquitectura que tenía cerca de mi cama, y luego, a menudo, apenas mi vela se apagaba, mis ojos se cerraban tan deprisa que no [*interrumpido*]».

Y el segundo: «Durante bastantes años, por las noches, cuando iba a acostarme, apenas apagada mi vela, mis ojos solían cerrarse tan deprisa que no tenía tiempo de decirme: Me estoy durmiendo. Y media hora después me despertaba la idea de que era hora de buscar el sueño, quería soplar mi vela, dejar el diario que creía tener aún en las manos; mientras dormía, había seguido pensando en aquello de lo que hablaba, pero me imaginaba que yo mismo era la sinfonía nueva, los diputados que habían votado contra el ministro [*interrumpido*]».

Otra versión: «Antaño, apenas apagada mi vela, mis ojos se cerraban tan deprisa que no tenía tiempo de decirme: Me estoy durmiendo, y a menudo media hora después me despertaba la idea de era hora de buscar el sueño; quería dejar el libro que creía tener aún en las manos y soplar mi vela; había pensado, mientras dormía, en las páginas que había leído, pero no dudaba de que hablaban de mí mismo, una iglesia, un cuarteto, el [*palabra ilegible*] entre dos mujeres».

Estas versiones incluían muchas referencias a una situación posible, cosa que la versión definitiva rechazará: «mucho tiempo» será deliberadamente más vago que «durante largos años» o «bastantes años, cada noche» instauraba una temporalidad vivida, «cuando iba a acostarme» permitía que viéramos al héroe, los tiempos eran los del relato, mientras que el pretérito perfecto de la versión final solo instituye una relación directa entre el héroe y el narrador, en la que este procede a un balance de su experiencia pasada desde un hoy enigmático.

La misma comprobación haríamos con un primer borrador del episodio de la magdalena, que daba una descripción más concreta del marco vivido de la escena: «Eso es lo que me sucede con Combray. Hace algunos años hubo un invierno muy frío. Volviendo un día a casa con amenaza de nieve, como la chimenea no tiraba y no conseguía calentarme, Françoise me dijo que iba a hacerme un poco de té».

Los detalles eliminados con discreción darán al narrador, o más bien, en este caso, a eso que Marcel Muller llamó «sujeto intermedio»,[179] una situación más difícil de precisar, más enigmática, y por ello más soberana.

Los recuerdos de lectura que flotan en la mente del sujeto que está durmiéndose podrían constituir una reminiscencia discreta del drama de ir a acostarse, antaño, en Combray, del que aquí tenemos un borrador preciso: «Me esforzaba por leer algunas líneas, por mirar bellas rosas, por escuchar un piano que se oía en la casa de al lado, pero nada puede penetrar en el corazón cuando la pena es demasiada».

La mención del piano podría sugerir que la escena de Combray estaba situada primero en una ciudad más grande. En el número 102 del bulevar Haussmann, el apartamento donde vivió bastante después de la infancia, Proust tenía como vecina a una pianista experta, la señora Williams.[180]

Una página del comienzo de Por la parte de Swann

La página que empezaba con «Un hombre que duerme», tan conocida, se presentaba así en un borrador antiguo, redactado en hojas sueltas:

Un joven que duerme con los brazos extendidos sostiene en un círculo que lo rodea el hilo de las horas, el orden de los años y de

179. *Les voix narratives dans la «Recherche du temps perdu»*, Ginebra, Droz, 1965.

180. Véanse sus *Lettres à sa voisine*, París, Gallimard, col. Blanche, 2013.

los mundos. Los consulta al despertar, pero sus frágiles hileras pueden romperse, mezclarse. Ya sea porque el sueño lo sorprendió de golpe tumbado sobre un costado en el que no suele descansar, enseguida las miríadas de las estrellas caen a tierra y se apagan, aunque la noche apenas esté empezando y ellas brillen en el cielo con su resplandor más intenso. Y si despierta en ese momento, creerá que ya es por la mañana. Si a la mañana, por el contrario, tras cierto insomnio, el sueño lo asalta mientras lee en una posición demasiado distinta de aquella en la que suele dormir, basta que tenga el brazo en alto para detener al sol, para hacerlo retroceder, cuando vuelva a abrir los ojos, antes de ver con claridad, creerá que acaba de acostarse. Si se adormece en una posición aún más forzada, absolutamente excéntrica, después de cenar, por ejemplo, sentado en el sillón de la sala, entonces habrá una conmoción completa en los mundos desorbitados. El sillón mágico le hará recorrer leguas y días en un instante, y al despertar creerá estar en los baños de mar algunos meses antes.

Crónica de la familia Swann

Distintos borradores en hojas sueltas apuntaban a ampliar la información sobre Swann y su familia.

«Mi abuelo había conocido muy bien al señor Swann, el padre. Nos hablaba a menudo de él, de su sensibilidad profunda pero extraña.»

A partir de entonces, tres papeles se encargan de describir el ascenso mundano de la madre de Swann.

Comparando los documentos ya aparecía que los celos de Swann por Odette retomaban ciertos elementos de las cartas que Proust envió a Reynaldo Hahn entre 1895 y 1896. Una hoja de esos borradores incluye un dibujo de Swann con sombrero titulado: «Para Reynaldo Hahn». El resto de la hoja está lleno de borradores sobre Swann y Odette.

La boda de Swann, que tiene lugar en el hiato entre «Un amor de Swann» y «Nombres de tierras: el nombre», queda sin explicar. ¿Fue su causa la concepción de Gilberte? Un borrador propone explicarlo en estos términos: «Pocas personas comprendieron ese matrimonio, aunque habrían debido saber que las viejas relaciones tienen algo de la dulzura y de la fuerza de las afecciones familiares. Odette [*interrumpido*]».

Tal vez podamos interpretar en ese sentido una afirmación muy general incluida en una carta de diciembre de 1917 a la princesa Soutzo: «Sé que las ideas, aun desdeñadas, no perecen enseguida en el espíritu en el que las hemos introducido, y que ejercen en él su influencia». Hacia junio de 1897, Proust había escrito a Robert de Montesquiou: «Puesto que la evolución de las circunstancias no es más que otro aspecto del desarrollo de nuestra naturaleza, todo lo que fue un deseo se vuelve un hecho. Pero cuando ya no lo deseamos».

Los modelos masculinos de Gilberte

Hemos visto que «El don de las hadas» anticipa el episodio del tercer capítulo de *Por la parte de Swann*, en el que el héroe examina ansiosamente el tiempo que hace, que determinará la posibilidad de ir a los Campos Elíseos a encontrarse con Gilberte: «De manera que si el tiempo era dudoso, ya desde la mañana no dejaba de interrogarlo y tenía en cuenta todos los presagios. Si veía a la señora de enfrente poniéndose el sombrero cerca de la ventana, me decía: "Esa mujer va a salir; el tiempo, pues, está como para salir: ¿por qué Gilberte no haría lo mismo que esa mujer?"».

Sabemos ahora que ese episodio fue esbozado con mucha anticipación (en una época cercana a experiencias similares vividas por el joven escritor): «A la edad en que los niños salen a reír y a jugar, tú siempre llorarás cuando en los días de lluvia no te lleven a los Campos Elíseos a jugar con una niña a la que amarás y que te pegará, y en los días de sol, cuando os veáis, te entristecerá encontrarla menos hermosa que en horas de la mañana, cuando, solo en tu habitación, esperabas el momento de verla». Gilberte era un niño, y por prudencia, pues, se planeaba que el personaje fuera una niña. La brutalidad del compañero de los Campos Elíseos se convertirá, adaptada y atenuada, en *Por la parte de Swann*: «Gilberte, que acaso estaba ya en los Campos Elíseos y apenas yo llegara me diría: "Empecemos ya mismo a jugar, usted está en mi equipo"».

El cuento antiguo ofrecía el episodio vivido, que la invención novelesca envolverá.

Al final de *Albertine desaparecida*, el héroe se aloja en Tansonville, en casa de Gilberte, que se ha casado con Saint-Loup. Paseando por Combray, descubre que los dos «lados», el de Méséglise (el de Swann) y el de Guermantes, no eran tan irreconciliables: «Me acuerdo que en esas conversaciones que teníamos mientras paseábamos, ella varias veces me sorprendió.

Una, la primera, cuando me dijo: "Si no tuviera usted tanta hambre y si no fuera tan tarde, tomando ese sendero a la izquierda y doblando luego a la derecha, en menos de un cuarto de hora estaríamos en Guermantes"».

En los borradores antiguos, el lado de Guermantes se llama el lado de Villebon, lo que sitúa la escena en lugares reales de los alrededores de Illiers. Pero un esbozo iba más lejos: «[Me] sorprende enterarme por mi mecánico que tomando a la derecha de Chartres la ruta de Nogent-le-Rotrou y doblando luego dos o tres veces a la izquierda se llega al castillo de Villebon. Para mí, es como si me dijeran que después de tomar un primer camino y luego un segundo se llega al país de las hadas».

El antepasado de Gilberte es aquí Alfred Agostinelli. El chófer de Proust, que, saliendo de Cabourg, lo llevaba hasta Caen, lo que en 1907 dio material al artículo «Impressions de route en automobile» (traspuesto en 1913 en el episodio de los campanarios de Martinville de *Por la parte de Swann*), es el que se supone que paseaba al héroe ya adulto por los alrededores de Illiers, que pronto pasaría a ser Combray.

La jaula del cardenal La Balue

Apenas llega al Grand Hôtel de Balbec, el héroe de *Las muchachas en flor* se enfrenta con la prueba de la novedad, para él poco hospitalaria, de su habitación. Surge de allí una comparación histórica y pintoresca: «Hubiera querido al menos acostarme un instante en la cama, pero para qué, ya que no habría podido darle un descanso a ese conjunto de sensaciones que es para cada uno de nosotros nuestro cuerpo consciente, si no su cuerpo material, y ya que los objetos desconocidos que lo rodeaban, obligándolo a poner sus percepciones en el pie permanente de una defensiva vigilante, habrían mantenido mi mirada, mi oído, todos mis sentidos, en una posición tan reducida e incómoda (aun cuando hubiese extendido las piernas) como la del cardenal La Balue en la jaula donde no podía estar de pie ni sentarse».

Dicen que el cardenal La Balue fue encerrado por orden de Luis XI en el castillo de Loches, pero los historiadores dudan de que fuera en una jaula de hierro.

Proust, por su parte, no tenía razones para dudar, pues en 1906 le llegó al número 102 del bulevar Haussmann una tarjeta postal (véase cuaderno iconográfico, fig. 3) de Loches (Indre-et-Loire) que decía mostrar la «reproducción auténtica de la verdadera jaula de hierro y madera en la que Luis XI mandó encerrar al cardenal La Balue en el torreón. La jaula fue destruida y quemada en la hoguera del 14 de julio de 1791».

A la sombra de los jóvenes en flor

En una de sus estancias en Cabourg, Proust escribió en el papel con el membrete del Grand Hôtel (véase cuaderno iconográfico, fig. 4) una oda a un grupo de jóvenes golfistas que incluía a Marcel Plantevignes (1889-1969), autor de un grueso libro de recuerdos, *Avec Marcel Proust*.[181] En un programa grabado

181. París, Nizet, 1966.

el 23 de marzo de 1966, Plantevignes afirmaba haber sugerido a Proust el título *A la sombra de las muchachas en flor*. Proust había conocido al pequeño grupo en el verano de 1908. Una carta de abril de 1918 a Charles d'Alton le despierta el recuerdo filtrado por la guerra: «Ya no sé nada de Cabourg, pues desde hace tres años y medio no me muevo de París. O mejor dicho, Foucart viene cada vez que tiene permiso y Cabourg reaparece otra vez. Guy Delaunay, Pierre Parent, Wessbecher me han dado a veces noticias. Sin duda se habrá enterado de que el pobre Marcel Plantevignes estuvo a punto de morir; después de pasar dos años entre la vida y la muerte, parece que está bastante bien». En 1908, Proust anotaba en el «carnet 1»: «Mejor amar lo que es del terruño, Plantevigne, Foucart».

Renunciando por un mes a las señoras del *faubourg*,
esta noche pienso en vosotros, muchachos de Cabourg,
que algún día quizá disfrutaréis de más de un libro
mío, ¡cuando haya cesado yo de vivir!
Bajo esos nombres desconocidos, Gobert[182] o Delaunay,[183]
¡quién sabe si no habrá nacido un poeta
o algún espíritu amigo que en mis páginas breves,
cuando yo ya no esté, desentrañará mis sueños!

182. Una carta a André Foucart de julio de 1918, que evoca Cabourg y sus inmediaciones, menciona a una tal señorita Gobert, sin duda de la misma familia. Otra misiva, de agosto de 1919, menciona a «Foucart, amigo de Gobert, a quien vio usted en mi casa o más bien en la suya».

183. Ni Gobert ni Delaunay aparecen en el libro de recuerdos de Marcel Plantevignes. Se trata de Guy Delaunay, sin duda el hijo de Paul Delaunay, que tenía una propiedad en Cabourg, L'Alcyon. Se lo menciona en 1908 en el «Carnet 1».

¡Quién sabe si el porvenir, bajo esas caras que ríen,

no esconde cosas grandes y serias,

y si de esos golfistas, inflamado por el amor,

no se desprenderá un poeta algún día!

Primero (tengo mis defectos, como vosotros los vuestros),

¡no podía distinguir a unos de otros!

Entre los Parent,[184] los Donon,[185] los Foucart,

o bien los Delaunay, la diferencia era ínfima,

y me preguntaba yo qué señal infalible

podría distinguir a Gobert de Plantevigne.

Como se ven en otoño tantas y tantas golondrinas

reunirse, consultarse agitando sus alas,

¡así, congregados en grupos poco modestos,

lanzaban grandes gritos, hacían grandes gestos!

Y como los romanos tomaban por teutones a los cimbros,

yo, lo siento en el alma, ¡los tomé por timbres!

Luego, gritadas con fuerza, palabras como golf, como torneo,

me revelaron el sentido cierto de ese pensionado.

Por su blusón rojo conocí a Plantevigne,

destinado al recuerdo por su nombre tan lindo.

Foucart tiene aspecto de curioso, Parent de sarcástico.

A veces Delaunay, solo y más melancólico,

con esa cara de pureza tan clásica,

un poco seca para mi gusto (aunque más importante

184. Pierre Parent (1883-1964), que llegará a ser ingeniero jefe de minas; véase una carta de octubre de 1908. Se lo menciona varias veces en el «Carnet 1» en 1908.

185. Este nombre no aparece mencionado en ninguna parte.

es que una mujer encuentre hermosos sus ojos),
se paseaba como en Grecia un joven sabio.
Un largo reflejo pensativo iluminaba su rostro.
ayer, en el palco, apuntaba sus prismáticos
hacia una actriz atroz que le parecía hermosa;
y si me sonreí, que tenga a bien perdonarme,
¡que se burle de mi abrigo y estaremos en paz!
Pero no quisiera merecer su rencor
porque sus dos hermanas, de tan bella figura.[186]

«Primero [...], ¡no podía distinguir a unos de otros!» Al llegar a la playa de la pequeña banda, el narrador de *A la sombra de las muchachas en flor* observará: «A decir verdad, hacía tan poco que las veía, y sin atreverme a mirarlas fijamente, que todavía no había individualizado a ninguna de ellas». Delaunay, que «se paseaba como en Grecia un joven sabio», anticipa el tema apasionado del narrador al ver a las muchachas recortadas contra el mar: «¿No eran acaso nobles y serenos modelos de belleza humana eso que veía allí, ante el mar, como estatuas expuestas al sol en una costa de Grecia?».

En otra de esas hojas que llevan el membrete del Grand Hôtel de Cabourg, Proust esboza las palabras de Saint-Loup (Montargis, en aquella fase de la redacción) sobre los Guermantes y su castillo.

186. Falta el final.

La geografía de Balbec: a cada cual su lugar

En seis planos distintos, Proust trazó la curva de una costa y situó, pegadas unas junto a otras, las localidades de los alrededores de Balbec (véase cuaderno iconográfico, fig. 5). Rivebelle aparece ubicado en varios puntos, pero siempre separados del conjunto apretado de los demás. Unas notas numeradas recuerdan al novelista la función que cumplen algunos: Parville, por ejemplo, «donde Albertine me acompaña a veces»; Maineville, «donde vive»; La Sogne, «donde vive Elstir».

El balneario Balbec está en un extremo de la línea, el Viejo Balbec en el otro, y a mitad de camino entre ambos está Doncières. Cottard vive en Doville, los Chevreny en Épreville; la Raspelière y los Cambremer están en Égleville. Muy cerca están La Sogne, Maineville y Parville, «adonde Albertine me acompaña a veces». El barón de Charlus, como se especifica, vive en Saint-Mars-le-Vieux.

En la versión publicada de la novela, esas localidades aparecerán mencionadas como otras tantas estaciones del pequeño tren local, sin especificar todavía cómo se repartirán los personajes de la novela.

La distribución en volúmenes de En busca del tiempo perdido

Hoy leemos *En busca del tiempo perdido* en siete volúmenes. No fue así en el momento en que se publicó, y menos aún en el de la elaboración del ciclo novelesco. Inmediatamente después de *Por la parte de Swann* debía aparecer *La parte de Guermantes* en la edición programada de Bernard Grasset; y las últimas publicaciones con Proust vivo fraccionan los volúmenes: *La parte de Guermantes II-Sodoma y Gomorra I* aparecen juntos en 1921, *Sodoma y Gomorra II*, en 1922. Fue tras la muerte de Proust cuando el ciclo novelesco se reorganizó en los siete volúmenes que los títulos identifican, y hasta se ha sostenido[187] que la cifra siete (que se corresponde simbólicamente con el septeto de Vinteuil) era forzada y póstuma en relación con las intenciones de Proust, que habría tenido en mente un número de volúmenes mayor.

Hay correspondencia inédita entre Proust y sus editores, primero Grasset, luego Gallimard, que lleva a matizar esa información.

Por un lado, lo que se admite hoy es que Bernard Grasset «obligó» a Proust a amputar de su primer tomo, *Por la parte de Swann*, unas doscientas páginas, para darle al volumen una dimensión aceptable. Es lo que podríamos pensar, por ejemplo, cuando el novelista, en una jugosa carta a Jacques Rivière del 6 de febrero de 1914, describe las últimas páginas como «ese paréntesis sobre el Bois de Boulogne que puse allí como un simple biombo para terminar y cerrar un libro que por razones materiales no podía exceder las quinientas páginas». Durante la elaboración del volumen, en una carta escrita a Bernard Grasset a principios de junio de 1913, ya se mencionaba, sin embargo, «el temor de llegar al final de un volumen de dimensiones formidables sin que el tema del primer tomo esté cerrado.

---

187. Véase Nathalie Mauriac Dyer, «Le cycle de *Sodome et Gomorrhe*: remarques sur la tomaison d'*À la recherche du temps perdu*», *Littérature*, n.º 92, 1988, pp. 62-71.

Y eso no sería solo muy molesto; si fuera inevitable, convendría saberlo, porque modificará necesariamente los títulos de las partes, etcétera, y habrá que modificar la economía total para que no se rompa el equilibrio».

De modo que la realidad es algo distinta. El problema se resolvió con Bernard Grasset en la primera quincena de julio de 1913.[188] El 2 de julio, Grasset contesta a Proust:

Entiendo muy bien la objeción que plantean sus amigos: es evidente que un libro de setecientas páginas tendrá una circulación bastante difícil, pero por otro lado es necesario que un libro sea «un libro», es decir, algo completo, que sea autosuficiente. El problema de la «fragmentación», pues, solo puede resolverlo usted mismo, y la opinión que voy a darle sobre las dos soluciones que me propone está, pues, subordinada a este problema de fragmentación que solo usted puede resolver.

1.ª solución. *Hacer del volumen de setecientas páginas dos volúmenes de trescientas cincuenta páginas que se vendan juntos.*[189]

Es una solución que no me satisface en absoluto; presenta, en efecto, el mismo inconveniente de *tema*, y este otro obstáculo para la circulación: que el precio del mismo material es entonces

188. Problema que había sido planteado en febrero de 1913, como lo demuestra una carta dirigida a Grasset.

189. Como las cartas que Bernard Grasset escribió a Proust no se conocían hasta ahora, podemos entender que Proust declina esta propuesta gracias a una carta que envía en ese mismo momento a Louis de Robert, que fue su intercesor: «El volumen no tendrá ochocientas páginas sino alrededor de seiscientas noventa. Si eso es para usted enormemente importante, me resignaré quizá a cortarlo no del todo en el medio y a reducirlo a unas quinientas páginas».

de siete francos en vez de tres con cincuenta. Añadiría que hoy es totalmente inusual vender obras en varios tomos cuando el primer tomo es solo un comienzo y el segundo la continuación *necesaria* del primero.

La fragmentación en dos libros de trescientas cincuenta páginas sería posible si ambos libros no se vendieran juntos, solución que solo es posible si cada libro es autosuficiente; evidentemente, si se pudiera cumplir con esa condición, la solución de dos libros de trescientas cincuenta páginas sería la que deberíamos adoptar.

2.ª *Componer tres libros de quinientas páginas: el primero, formado por dos tercios del volumen de setecientas páginas; el segundo, por un tercio del primero y un tercio del segundo, y el tercero, por los dos últimos tercios del segundo.*[190]

Esta es, en mi opinión, la solución en la que deberíamos centrarnos si no fuera posible la fragmentación en cuatro libros de trescientas cincuenta páginas de *circulación independiente*. Pero una vez más, por la razón que le daba antes, es usted quien debe juzgar.

En resumen, querido señor, creo que la venta conjunta de varios tomos es una solución imposible; todo el problema está en la fragmentación en tomos que tengan, cada uno, una cantidad de

190. En la segunda quincena de mayo de 1913, Proust, que devuelve las pruebas del primer volumen, daba esta aclaración: «El libro se llamará *Por la parte de Swann* en el primer volumen; el segundo, probablemente, *La parte de Guermantes*. El título general de los dos volúmenes: *En busca del tiempo perdido*».

páginas lo más cercana posible a entre trescientas y cuatrocientas, y de circulación independiente.[191]

Del principio de la carta se desprende que el acortamiento de *Por la parte de Swann* fue una iniciativa de Proust (incitado por su entorno, que quizá queda resumido en Louis de Robert). La siguiente carta de Bernard Grasset, fechada el 12 de julio de 1913, da a conocer que Proust eligió la segunda solución:

> Por tanto, según lo que se me dijo por teléfono, adopta usted la solución de los tres libros de quinientas páginas.[192] Es una de las buenas soluciones, evidentemente.
>
> Hoy mismo he escrito a mi impresor para que me envíe la puesta en página de la hoja 45, como me pidió usted.
>
> Quedamos de acuerdo, pues, en que me devolverá corregidas las primeras quinientas páginas que constituirán nuestro primer libro tras haber hecho las modificaciones que le aseguren una unidad.

191. Todas las cursivas de esta carta son de Bernard Grasset.

192. Pero Louis de Robert, en ese mismo momento, había incitado a Proust a elegir la primera solución, la menos apreciada por Grasset: «Insisto de la manera más apremiante: haga dos volúmenes de trescientas cincuenta páginas. ¡No serán volúmenes pequeños, como dice usted, sino volúmenes ya muy compactos y pesados y tan ricos!». En una carta a Grasset muy próxima a la de Grasset que hemos leído aquí, ya que también trata la cuestión de detenerse en el pliego número 45, Proust aún parece pensar solo en no superar las setecientas páginas: «Ahora que he recibido todas las primeras pruebas, veo que el volumen tendría más de setecientas páginas, cifra que dijimos que no podíamos superar. Me veré pues obligado a trasladar al comienzo del segundo volumen lo que creía ser el final de este (una buena decena de pliegos). Pero usted mismo tiene demasiado de artista para no comprender que un final no es una simple terminación y que no puedo cortar esto tan fácilmente como un trozo de manteca».

Por otra parte, el fraccionamiento de *Sodoma y Gomorra* entre la continuación de *La parte de Guermantes* y los tres volúmenes del año siguiente no responde necesariamente a un proyecto estético razonado de parte de Proust, como se ha pretendido algunas veces. Eso es lo que sugiere el testimonio capital (el énfasis es nuestro) de una carta de Gaston Gallimard a Robert Proust fechada el 26 de marzo de 1923, que propone reunir en una sola sección cuanto forma parte de *Sodoma y Gomorra*:

> Ahora sabe usted sin duda en qué condiciones y con qué dificultades materiales se llevó a cabo la impresión de las obras de Marcel. Dada su manera de trabajar, esa refundición completa de su obra en el proceso mismo de su producción, era imposible prever, en el momento de enviar el libro a componer, qué densidad y cuántas páginas tendría.

Lo que se propone, pues, es darle armonía a la totalidad:

> Pero no cambiaríamos nada de las grandes divisiones de la obra. [...] Lo único que le propondré es componer el tomo que incluye *Guermantes II* sin las primeras páginas de *Sodoma y Gomorra*, que se incorporarían a la continuación de esa parte de la obra. *A veces Marcel lamentaba haber unido esas páginas con las anteriores.*[193] Esa unión, en efecto, es arbitraria. Pudo haber sido útil para señalar la relación entre todas las partes de la obra, pero hoy esa continuidad es lo suficientemente conocida para que me

193. La cursiva es nuestra.

parezca razonable, y conforme a los deseos del autor, volver a una edición más racional. Muchos lectores se quejan de no poder tener entre las manos un libro que de otro modo podrían tener. De lo que se deriva, además, una complicación con los títulos que crea confusión y perjudica las ventas.

Hay que destacar la razón moral: devolverle su legibilidad autónoma al tercer volumen de la *En busca del tiempo perdido*, *La parte de Guermantes*. Pero en conversaciones o cartas perdidas, al parecer, Proust, disipada la primera preocupación por dar a entender que no se trataba de novelas independientes, sino de secciones que debían leerse en continuidad, estaba lejos de aferrarse a la solución adoptada en 1921-1922. La unificación en siete volúmenes no procede de una decisión puramente póstuma, que habría traicionado sus intenciones y su estética.

Los gritos de París

Se ha conservado un documento pintoresco (véase cuaderno iconográfico, fig. 6) que revela que para escribir el famoso fragmento de *La prisionera* en que el héroe y Albertine escuchan desde el apartamento los distintos gritos de los vendedores callejeros, Proust envió a su portero a escucharlos e identificarlos. La firma del portero, A. Charmel, permite fechar esa pesquisa en la época en que Proust, expulsado del bulevar Haussmann, reside en casa de Jacques Porel, el hijo de la actriz Réjane, en el número 8 bis de la calle Laurent-Pichat, desde el 31 de mayo hasta el 1 de octubre de 1919. Charmel aparece nombrado en una carta a Jacques Porel del 23 de septiembre, y Porel mismo lo evoca en sus memorias como «un portero octogenario, teñido de rubio, que parecía un viejo marqués sumido en la ruina».[194] En *En busca del tiempo perdido*, Charmel es el nombre del lacayo del barón de Charlus, que bien quisiera atribuir ese nombre a Morel. He aquí lo que dicen esas notas:

Con una armónica o un flautín, tocando melodías de su terruño, pasa el cabrero.

Naranjas, lindas naranjas, naranjas frescas

Aquí están, señor, algunos de los gritos más comunes que pude recordar, lamentando no poder reproducirle la melodía y la entonación por así decir inimitable que caracterizan esos gritos. Está además el afilador que pasa con una campana gritando Cuchillos, tijeras, navajas.

El afilador de sierras, que se conforma con gritar:

—Con sierras para afilar, aquí está el afilador.

Me alegra poder enviarle estas pocas notas y le ruego reciba, señor, con todo mi agradecimiento, mis saludos más respetuosos.

A. CHARMEL

Diferentes gritos de París

Toneles. ¡Aquí llega el calor de los toneles!

Vi-driero (bis)

Mejillones frescos, ricos mejillones

194. Jacques Porel, *Fils de Réjane, souvenirs*, vol. I, París, Plon, 1951, p. 331.

Aquí está la caballa fresca, aquí está la caballa
Pescadilla para freír, para freír
Álsine, tengo álsine para los pajaritos
Tengo ropa, trapos, chatarra para vender
Con una matraca: Diviértanse, señoras, aquí viene la alegría
Con un cuerno: Sillas para trenzar, rellenar, aquí está el sillero
Con una trompeta: Pelo perros, corto gatos, colas, orejas
Lindo queso crema lindo queso
Ah qué ternura la verdura Alcauciles verdes y tiernos, alcauciles
Guisantes, guisantes por celemín
Judías verdes, tiernas judías
Con una trompeta: arreglo loza y porcelana
Arreglo vidrio
mármol y cristal
oro marfil alabastro
y objetos antiguos
Aquí está el arreglador

El héroe, «Marcel» y Proust

La relación problemática entre el héroe de *En busca del tiempo perdido* y Proust fue objeto de muchos análisis y reflexiones. El mismo novelista fomenta esa indagación cuando llama a su héroe Marcel en algunos momentos de *La prisionera*, aunque acompañándolos de esta ambigua concesión: «lo que, al darle al narrador el mismo nombre que al autor, habría sido suficiente», que sustrae la información al tiempo que la brinda. El lector vuelve a desconcertarse en *El tiempo recobrado* ante una nota manuscrita adosada a la frase: «De joven había tenido aptitudes, y a Bergotte mis páginas escolares le habían parecido "perfectas"», nota que parece desentonar con una autobiografía «ficticia»: «Alusión al primer libro del autor, *Los placeres y los días*».

Un borrador lleva en esa misma dirección la conversación sobre un ministro y Salviati entre el marqués de Norpois y la marquesa de Villeparisis, que el héroe oye sin que estos se enteren en Venecia, en *Albertine desaparecida*:

> Se encontraba en su casa un escritor francés que comparó a D'Annunzio, por su voluntad de reunir esos pedazos dispersos de Italia, con Dante y hasta con Virgilio. Hizo una parodia muy lograda de Virgilio, en la que Eneas pasa por Fiume y evoca a D'Annunzio. El escritor se llama Marcel, ya no recuerdo de su apellido.

Morir

Un esbozo destinado al final de *El tiempo recobrado* describe el «pedazo morir» que leeremos a continuación como «fundamentalísimo», «cuando hablo de las ideas que tengo y que debo alojar en un libro antes de morir»:

> ¿Morir? Pero esa misma idea, que pondré en un libro donde permanecerá, ¿no es acaso parte de mí mismo? No habrá de morir, por tanto. Ahora bien, ¿no es acaso la más importante de todas, puesto que en ella desemboca toda mi experiencia familiar, amo-

rosa, mundana?; en el libro se romperá sin duda el lazo que existe ahora entre ella y la conciencia que tengo de estar enfermo, de dormir mal, de ser inconstante en el amor. Pero ¿no me di cuenta acaso gracias a Bergotte de que nada de eso tiene importancia, no intenté desprenderme de todo eso para formar esas ideas y, por el contrario, no tengo derecho a temer que lleven su marca más bien demasiado que demasiado poco?

Cuaderno iconográfico

1. «El remitente misterioso», íncipit del manuscrito autógrafo.

2. «Recuerdo de un capitán», íncipit del manuscrito autógrafo.

La Cage de fer ou a este enfermé le Cardinal Balue; qui est dans le donjon du Chasteau de Loches; ou il y en a encor une autre pareille; elles ont 6 pieds et demie des 4 costez fait.

Loches (I.-et-L.)
Reproduction authentique de la véritable cage de fer et de bois, dans laquelle Louis XI fit enfermer le Cardinal La Balue au Donjon. Cette cage fut détruite et brûlée dans le feu de joie du 14 Juillet 1791.

Édition privée T. Bardou

3. *Tarjeta postal recibida por Proust en 1906, con la ilustración de la jaula de La Balue.*

4. «*Oda a los jóvenes en flor de Cabourg*», íncipit del manuscrito autógrafo.

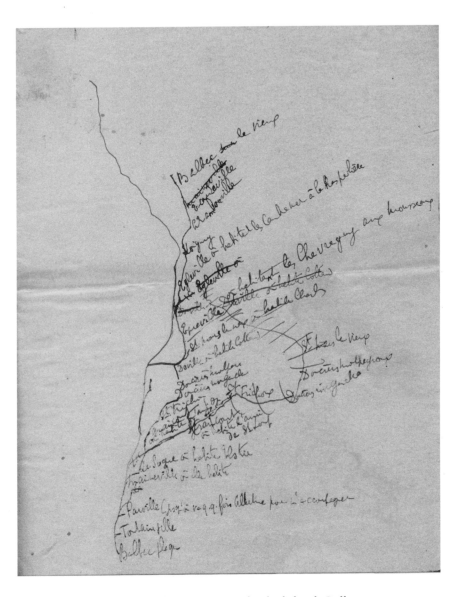

5. *Mapa de la costa normanda alrededor de Balbec.*

6. *Notas del portero sobre los gritos de París.*

Avec une corne

Avez-vous des chaises à
~~rempailly~~ cannes à rempailler
v'la le rempailleur
    Avec une trompette.

Tond les chiens, coupe les
chats les queues et les
    oreilles

Bon fromage à la crème
bon fromage

Ah la tendresse à la verdurette
Artichauds verts et tendres
artichauds

Pois verts, pois verts au
boisseau~~x~~ pois verts.

Haricots verts et tendres
        Haricots
    Avec une trompette
Raccommodeur de faïence
et porcelaine

Avec un harmonica
ou un flutiau jouant des airs
de son pays, passe le
chevrier
_____

La valence. La belle
Valence, la fraiche orange.
_____

Paris, sport, l'Intran
la Presse
_____

l'Intran, l'inter, la Liberté
Paris - sport
_____

Voici Monsieur quelques
uns des cris les plus usuels
et dont j'ai pu me
rappeler, regrettant de ne
pouvoir vous donner les
airs et l'intonation pour
ainsi dire inimitable
qui caractérisent ces
cris. Il y a encore

le repasseur qui passe
avec une cloche en criant
Couteau, ciseaux rasoirs

le repasseur de sciés qui
se contente de crier – Avez
des sciés à repasser v'la
   le repasseur
Je suis content de pouvoir
vous adresser ces quelques notes
et je vous prie d'agréer
Monsieur avec tous mes
remerciements mes salu-
tations empressées.

A. Chamul

Voilà le réparateur
de fayence et de porcelaine
Je répare le verre
le marbre le cristal
l'os l'ivoire l'albatre
et objets. D'antiquité
Voilà le réparateur

Voilà le tondeur de chie
    tondeur de chi
Voilà le coupeur de cha
    coupeur de chat

Racommodeur de chaises
Voilà le racommode
Rempailleur

Índice

Algunos títulos imprescindibles
de Lumen de los últimos años

Flush | Virginia Woolf

Las inseparables | Simone de Beauvoir

Qué fue de los Mulvaney | Joyce Carol Oates

Léxico familiar | Natalia Ginzburg

¿Quién te crees que eres? | Alice Munro

Éramos unos niños | Patti Smith

Bitna bajo el cielo de Seúl | Jean-Marie Gustave Le Clézio

Un lugar llamado Antaño | Olga Tokarczuk

La chica | Edna O'Brien

La tierra baldía (y Prufrok y otras observaciones) | T. S. Eliot

Número cero | Umberto Eco

Poema a la duración | Peter Handke

Esa puta tan distinguida | Juan Marsé

El cuaderno dorado | Doris Lessing

La vida entera | David Grossman

Todo queda en casa | Alice Munro

La fuente de la autoestima | Toni Morrison

Rabos de lagartija | Juan Marsé

La amiga estupenda | Elena Ferrante

M Train | Patti Smith

La Semilla de la Bruja | Margaret Atwood

Gatos ilustres | Doris Lessing

La Vida Nueva | Raúl Zurita

Gran cabaret | David Grossman

El tango | Jorge Luis Borges

El año del Mono | Patti Smith
Un cuarto propio | Virginia Woolf
Eichmann en Jerusalén | Hannah Arendt
A propósito de las mujeres | Natalia Ginzburg
Las personas del verbo | Jaime Gil de Biedma
Nada se acaba | Margaret Atwood
Cuatro cuartetos | T. S. Eliot
La vida mentirosa de los adultos | Elena Ferrante
Un árbol crece en Brooklyn | Betty Smith
El mar, el mar | Iris Murdoch
Memorias de una joven católica | Mary McCarthy
El nombre de la rosa | Umberto Eco
El cuarto de las mujeres | Marilyn French
Colgando de un hilo | Dorothy Parker
Cuentos completos | Jorge Luis Borges
El chal | Cynthia Ozick
Objeto de amor | Edna O'Brien
La historia | Elsa Morante
Poesía completa | Jorge Luis Borges
Cuentos reunidos | Cynthia Ozick
La belleza del marido | Anne Carson
El pie de la letra | Jaime Gil de Biedma
Cuentos completos | Flannery O'Connor
Últimas tardes con Teresa | Juan Marsé
Paisaje con grano de arena | Wisława Szymborska
Cuentos | Ernest Hemingway
Las olas | Virginia Woolf
Si te dicen que caí | Juan Marsé
Antología poética | William Butler Yeats
Demasiada felicidad | Alice Munro
Narrativa completa | Dorothy Parker
El príncipe negro | Iris Murdoch

Este libro terminó
de imprimirse
en Barcelona
en enero de 2021

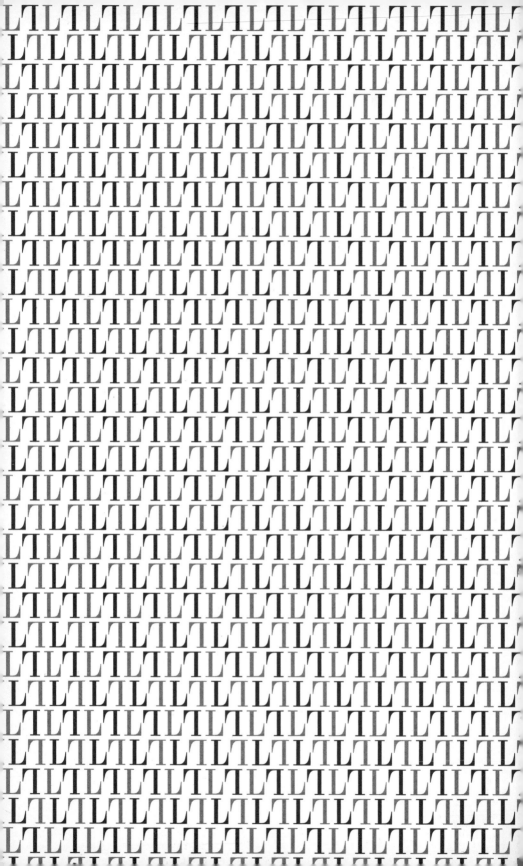